KB246299

The Knock

노크

노크

초판 1쇄 인쇄 | 2011년 10월 30일
초판 1쇄 발행 | 2011년 11월 10일

지 은 이 | 이중삼
펴 낸 이 | 김남석

편 집 이 사 | 김정옥
편집디자인 | 임세희
전   무 | 정만성
영 업 부 장 | 이현석

펴낸곳 | (주)대원사
주   소 | 135-231 서울시 강남구 일원동 640-2
전   화 | (02)757-6711(대)
팩시밀리 | (02)775-8043
등록번호 | 등록 제3-191호
홈페이지 | www.daewonsa.co.kr

값 13,000원

ⓒ 2011, 이중삼

Daewonsa Publishing Co., Ltd.
Printed In Korea 2011

ISBN 978-89-369-0809-6

사 유 하 는 감 성 소 설

노크

이중삼 지음

세상은, 귀찮아도 내 존재를 알려야 하는 장소야

대원사

아, 소통하고 싶다

침묵하는 모두와 오순도순 이야기하고 싶다며 물줄기가 흘러가고 바람결이 언어처럼 돌아다니는 것은 아닐까?

투욱, 나뭇잎 하나가 떨어진 것을 주워 들고 '편지지였으면 좋겠어.' 하며 입속말을 했는데, "그거 내가 너에게 보내는 편지야." 하고 말하는 소리가 들리는 것 같았다. 나는 그 플라타너스에게 누구나무라고 이름을 붙여 준 적 있다. 이후부터 가로수로 서 있는 그 플라타너스 옆을 지나칠 때마다 안부를 물었다. 물론 나의 독백에 불과했지만 어느 날은 그 나무의 마음을 알 것 같았다. 초록이 싱싱하던 나뭇잎이 곰삭은 빛깔로 한 통 두 통 편지처럼 발송되거나 누구나무에 기대고 하늘을 올려다볼 때는 더욱 그랬다.

바위가 숨 쉬는 소리를 들으려 가슴에 귀를 대듯 기울여 보기도 했다. 혹시 있을지도 모른다는 생각으로 바위의 마음이 건네는 말과 속삭여 보고 싶었다. 노크하여 바위 속으로 들어가 그 오래된 마음을 만나고 싶었던 것이다. 어쩌면 천년바위보다 더 오랜고독이 마음인지 모른다. 마치 수만 년째 헤매는 내 영혼을 만나지 못해 그러는 것 같기도 했다. 우리 모두는 가슴속에 그런 단단하고 깊은 마음의 소리를 한 덩어리씩 안고 살아가는지 모른다.

어디를 바라보아도 눈빛 따라 그리움이 새처럼 활공하며 외로움을 쪼아 올리고 있지 않느냐며, 그것이 왜 그래야 하느냐고 반문하는 사람이 작가뿐만이 아니라고 본다.

나는 이 책을 쓰며 한 번도 만나지 못한 내 영혼을 꼭 만나고 싶어 "너 어디 있니?" 하고 불러보았다. 잠깐이지만 마중물처럼 눈물이 고이기도 했다.

이 글이 독자 여러분께 세상에 건네는 독백에 동참할 수 있는 작은 친구가 될 수 있기 바란다.

2011년 가을 이중삼

차 례

The Niicle

내가 네 침묵의 언어를 알고 마음의 소리를 듣는다면, 나는 너와 영혼의 대화를 나눌 수 있지 않을까?

작게 말해도 자신의 목소리가 가장 크게 들리고, 다른 사람이 화내는 소리가 그 다음 크게 들리고, 내 욕심을 도와주는 소리가 그 다음으로 들려. 착한 소리와 진실의 소리들은 잘 들리지 않아.

The Xnote

바늘비 맞아 봤어?
나, 지금 이 빗방울 하나하나가 바늘로 찌르는 것만큼 아파.

오늘이 힘들면

노력하여

내일은 오늘처럼 살지 않으면 되는 거야.

팍팍한 것에 성급하게 굴지 말자.

느린 것과 기다리는 것과

작은 것과 아주 가벼운 것까지

섬세하게 주의를 기울여 보자.

내가 네 침묵의 언어를 알고 마음의 소리를 듣는다면,

나는 너와 영혼의 대화를 나눌 수 있지 않을까?

The Knock

노크

대답하지 않는 나

말하지 않는 것이 아니라 지금 내 마음이 하는 소리를 네가 듣지 못하는 거야.

　이슬 두 방울에 명주실 같은 바람 한 줄기면 감사하는 클로버 한 잎이 파란빛으로 중중한 하늘을 머리에 이고 있다. 하늘이 무겁다? 나는 하늘이 있어서 엄지손가락보다 작은 키라도 키울 수 있지. 클로버는 올려다보며 자신이 묻고 자신에게 대답했다. 답답해. 낮달은 유리벽에 간힌 것처럼 공중에서 흰 가슴을 쳤다.

　지평선은 얼마나 멀까. 수평선은? 길이 길을 묻는 삼거리에서 가로수가 까치발 떼듯 멀리까지 바라보고 섰다. 산

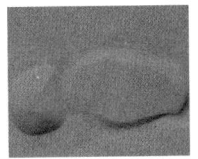

들바람이 갈대를 잡아당기다 안 되니까 이팝나무를 한번 등 떠밀어 보고는 길 없는 길로 찾아왔다. 너와 함께 여행할 수 없어 슬프다. 플라타너스 나무를 가지마다 흔들며 불평했다. 더 쓸쓸한 것은 남의 마음을 가져가면서 슬픔과 기쁨을 가둔다는 것에 대해 심각하게 생각하지 않는다는 것이지. 누군가에게 가지 하나를 빼앗긴 옹이가 나뭇잎 사이에서 겨우 말했다.

그 때 나뭇잎 하나가 소르르 나뭇가지에서 떼어지며 허공으로 비행을 시작했다. 나는 바람 타고 길을 묻는 낙엽이지. 내가 어디에 놓이든 나에게는 플라타너스 가로수가 있었다는 낭만을 잊을 수 없지. 날아 보고 싶었어. 분리되기는 싫었지만 나는 지금 내 마음대로 날고 있는 거라고.

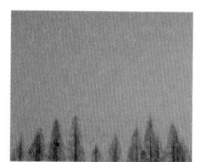

나의 자유는 결코 추락이 아니야. 의미를 찾는 중이라고. 낙엽은 공중에서 지그재그로 미끄러지며 소리쳤다(그는 어디에 착륙할지 모른다.). 인생은 그렇게 창조되는 거라고.

　사는 것이다. 내가 영원히 살아야 하는 이유가 어디에 있는지 알기 위한 것처럼(간혹은 내 영혼이 아는 곳으로 가기 위해 사는 것이라고 말하는 사람도 있다.). 그 중에는 오직 하나만 고집하는 눈빛과 영혼과 영원한 것도 있다. 그것이 무엇이 되었든지 너라는 항성을 만들어 두고 그 주위만 날마다 돌고 있는 나라는 행성이 되어.

　독일의 사냥개인 도베르만이 광고에 등장한 적 있다. 일등 재단사가 입혀 준 양복을 걸친 도베르만이 매끄러운 자신의 빛나는 검정털보다 맵시 있다며 고마워했을까?

　누가 관심 주지 않아도 고슴도치나 쐐기풀은 자신이 사는 방식을 지키느라 까탈스럽게 군다. 제대로 핀 적 없는 꽃봉오리가 땅에 뿌려진 꽃잎을 아쉬워하는 경우도 있지만.

　외로움이 그리움에 기대듯 꽃 그림자가 꽃나무에 등 기대고 있으면 봄날의 개미는 봄볕이 좋아 그림자 밖으로 나오고 여름날의 청개구리는 보슬비를 기다리러 꽃 그림자 속으로 들어가는지 모른다. 개굴. 세상은, 귀찮아도 나의 존재를 알려야 하는 장소이다. 모두에게 사는 일이란 이렇듯 더없이 특별하면서 시시하다.

　이 지루한 이야기 속에는 너도 있고 나도 있다(여기서 너는 특정인일 필요는 없다.). 그래서 가끔은 있지 않은 것을 상상하거나 실제로 그런 일이 일어나기도 한다. 쓰나미처럼.

　하루살이 일생에 일주일이라는 시간이 더 주어진다면 그들이 행복해할까? 세상이 일주일 후에 종말이 온다면 담장 아래 백일홍부터 갈라파고스 섬의 거북이까지 사는 일이 절망스러울 것이다. 그래도 루터와 스피노자는 내일 지구의 종말이 온다 해도 나는 오늘 한 그루의 사과나무를 심겠다고 다시 같은 말로 계몽하고, 스테파노도 그들의 죄를 저에게 돌리소서 하고 순교를 택할까? 아니라면 푸시킨은 생활이 그대를 속일지라도 결코 노하거나 슬퍼하지 말라고 쓴 시를 어떻게 수정해야 할 것인가!

　어쩜 영혼이 대화하는 마음의 소리가 바닷속 플랑크톤보다 늦봄에 땅 위를 가득 날아다니는 민들레 홀씨보다 많이 부유할지 모른다. 목숨이 있는 것들뿐만 아니라 돌멩이

를 포함하여 사물들까지 마음의 소리가 있을지도.

　그럼 조금만 인내심으로 귀 기울이면 영혼의 대화를 듣고 그 언어를 배우게 되지 않을까? 하찮은 이야기일지 모르나 플라타너스 가로수와 소통하는 낙엽의 웅변을 끄덕일 수 있기 바라는 이도 있다. 그런 사람인 칸트 소년이 연리지같이 이어진 그리움과 외로움으로 마음의 오솔길을 산책하고 있다.

천년바위와
민들레 홀씨의 대화

기다리는 것도 만나려는 거고 찾아가는 것도 만나기 위한 거야.
천년바위와 민들레 홀씨가 대화를 나눈다면 시간과 공간이 만나
는 소통이 되겠지.

아휴, 무거워. 어둡고 침침해. 클로버들이 방금 떨어진
플라타너스 잎을 머리 위로 밀어 올리느라 힘을 모았다.
그들의 중노동은 낙엽을 편안하게 했다. 보드라운 풀밭에
누운 플라타너스 잎의 느낌을 사람이 설명한다면 스프링
이 잘 연결된 쿠션 좋은 침대에 누운 것보다 훌륭한 휴식이
라고 말했을 것이다. 생각해 보면 가로수 가지 끝에 매달
려서 안간힘을 썼던 날들이 궁금했다. 아침에 버릇없이 구
는 새들에게 예의바르게 인사하는 법을 가르치는 일과 이

파리를 물어뜯기지 않으려고 애벌레들의 비위를 맞추는 일
이 그랬다. 또 걸핏하면 겨드랑을 간질이는 성가신 산들바
람의 장난과 가로수의 엄마 같은 잔소리를 듣는 일상이 귀
찮았다. 잎은 그런 것으로부터 해방되고 싶다고 투덜댔다
(아직은 진심이 그렇다는 것은 아니다.). 그러다 가지 끝을 놓
는 순간 절망이라며 나풀나풀 땅으로 떨어졌는데 돌멩이보
다 무겁던 가슴과 뻐근하던 줄기의 신경조직이 불안정하지
만 나른한 미궁으로 빨려들었다(그 기분이란 것이 그다지 나
쁘지만은 않았다. 하지만 불행의 늪이 아니기를 빌었다.).

　어디 갔나 했더니 여기 있었네. 산들바람은 낙엽이 된
플라타너스 잎을 난짝 들어 후~ 불었다. 낙엽은 날아가
보도블록에 구르기도 했지만 벤치 위에 앉았다. 그것도 괜

찮았다. 오고가는 사람들이 이야기를 나누는데 무슨 말인지 궁금했다. 하지만 가로수에게 끊임없이 듣던 충고를 잊지 말아야 한다. 다른 것은 모두 알아듣더라도 인간의 말은 듣지도 배우지도 말라는 것이었다. 인간은 모든 것을 괴롭히는 종류라고 했다. 그들이 나타나면 그들이 알아들을 수 없는 언어로 참새와 이야기하고 개미와 꽃과 산들바람과 별들에게 대화해야 한다는 것이다. 사실 그랬다. 인간만 나타나면 가로수는 무릎 앞에 앉은 천년바위와 도무지 알아들을 수 없는 마음의 소리로 소통했다. 그 둘뿐만 아니라 민들레 꽃씨들도 저희끼리 통하는 말을 하며 벌판 위를 날아다녔다.

내 마음을 전할 수 있다면 얼마나 좋을까? 산책하던 칸

편지지였으면 좋겠어.

영혼을 써서 전달할 수 있는.

트 소년이 푸념하며 그 벤치에 와서 낙엽 옆에 앉았다. 칸트 소년은 책을 겨드랑이에 끼고 있었는데 표지에는 영혼의 대화라고 쓰여 있었다. 그건 가능하지 않아. 더구나 인간에겐 절대 그럴 수 없어. 절대로. 모두가 위험해하는 종류의 삶이니까. 낙엽은 가능한 한 칸트 소년으로부터 멀리 떨어져 앉으려고 궁리했다.

　어어, 이거 왜 이래? 칸트 소년은 낙엽을 들고 만지작거렸다(그는 당황하는 낙엽을 알지 못한다). 흠, 편지지였으면 좋겠어. 영혼을 써서 전달할 수 있는. 이렇게 두 번 반복해서 말하던 칸트 소년은 어느 반짝이는 창문에 시선을 두었다. 늦가을 아침 해는 벌써 중천에 올라 이미 아침 해가 아니다. 그의 깊은 눈빛 속에는 두 은하가 교차하고 있었다.

오른쪽 눈빛 속은 우리은하가, 왼쪽 눈빛 속에는 안드로메 다은하가 통째로 들어가 운행하고 있었다.

내가 왜 이러지? 플라타너스 잎은 자신도 모르게 칸트 소년의 가슴에 달라붙으려 하는 것을 말리려 했다. 이런 사람은 없었어. 터무니없이 영혼의 대화를 꿈꾸다니 있을 수 없어.

꼬마, 그 낙엽을 나에게 줘. 그 때 청소부가 부댓자루를 가지고 나타났다. 안 돼, 나를 주지 마. 저 사람은 나를 인 정사정없이 자루 속에 꾸겨 넣을 거라고. 칸트 소년은 만 지작거리던 마른 나뭇잎을 물끄러미 바라보았다. 그는 끄 덕이더니 영혼의 대화라는 책을 펼쳐 책장 사이로 플라타 너스 잎을 넣어버렸다.

침묵의 소리를
들으며 마음의
오솔길을 산책하면
영혼의 대화를
나눌 수 있다.

24·25

일 년이 364일

하루를 25시로 사용하기도 하는 세상에 일 년이 364일이라 니…….

속 터져. 침묵의 언어를 알고 마음의 소리를 들으면 오 솔길을 산책하듯 영혼의 대화를 나눌 수 있다? 침묵은 언 어이고 마음은 소리라고! 영혼의 대화라는 책 속에는 틀린 말이 많았다. 낙엽도 다 아는 것은 아니지만 침묵하는 것 들과 대화하는 법이 적혀 있었다. 인간들이 볼 때 인간과 소통되지 않는 언어를 사용하면 무엇이든 그들에게는 침 묵의 대상이었다.

내가 아는 언어들을 이런 엉터리 말로 적어놓다니. 낙엽

은 투덜댔다. 이런 대화법으로는 수다쟁이 떡갈나무도 절대 대답해 주지 않아. 흥, 바위는 숨조차 내지 않을 거야. 이런 책을 읽으며 꼬마라고 불리는 이 사내는 숲을 찾아가 마음의 소리라며 중얼거리겠지. 그런데 다 자란 어른에게 꼬마라니.

칸트 소년은 스스로 일 년이 364일이라고 정하기 시작하던 해가 있다. 하루쯤 잃어버린 날을 여행하기 위해 비워 두기로 했던 것이다. 그 이유는 때가 되면 칸트 소년이 중얼거릴 것이다. 어쨌든 그 해 그 날에 하필 비우는 것이 업무인 청소부가 말을 걸었다. 날마다는 아니지만 자주 같은 시간에 나타나는 젊은이의 이름을 물은 것이다.

칸트 소년이라는 짤막한 대답이 돌아왔다. 자신을 놀렸

다고 판단한 청소부는 이 녀석을 어떻게 골려 줄까 생각하다가 그를 꼬마라고 불렀다. 그 다음부터 청소부에게 칸트 소년은 꼬마가 되었다.

대체 책 제목이 영혼의 대화일 게 뭐람? 전혀 어울리지 않아. 진실이 아닌 것은 거짓이야. 꼬마가 불쌍해. 이 책을 어디까지 읽었을까? 플라타너스 잎은 책 속에서 책장들 사이를 이리저리 돌아다녔다. 19쪽 옳지, 이 곳이다. 플라타너스 잎은 접힌 책장이 있는 곳에서 멈추더니 그 페이지부터 문장을 고쳐 나가기 시작했다.

28 · 29

겨울에 나무는 벗고
사람은 입는다

곰은 동굴에 들어가 동면에 들지만 나무는 칼바람 속에 서서 월동
해야 해.

사람들은 여름에는 벗고 겨울에는 추울수록 옷을 더 껴입는다. 그런데 대부분의 나무와 풀들은 정반대이다.

신갈나무와 삼각단풍과 등나무 그리고 라일락 등등 여름에는 겹겹의 초록 잎으로 옷 입듯 한다. 빼곡히 나무와 줄기를 감싸고 색색의 꽃과 열매로 그들의 세상을 만든다. 공중에서 보면 땅의 주인은 초록 숲이다.

추위가 일찍 찾아오자, 이번 겨울은 눈이 자주 쌓이고 추위가 길거라며 숲이 남은 잎을 잃느라 볼품없었다(아직

초겨울인데). 추위를 즐기는 소나무와 전나무조차 사철 푸른 뾰족한 바늘잎을 비비며 손 시리다고 호들갑이다.

겨울 하늘을 받쳐 놓은 바지랑대처럼 주변에서 키가 가장 큰 메타세쿼이아는 연가시 많은 생선뼈가 서 있는 것처럼 다른 나무들보다 더 초라하게 서 있었다. 그 앞에는 칸트 소년이 고개가 아플 만큼 올려다보고 있다.

나는 괜찮아. 삼각단풍을 위로해 줘. 메타세쿼이아는 그렇게 말했다. 칸트 소년이 알아듣지 못하겠지만.

안되겠는지 힘겨운 메타세쿼이아 가지 하나가 떨어지며 삼각단풍나무에 걸렸다. 한참 동안 올려다보던 칸트 소년의 시선이 삼각단풍나무로 옮겨졌다.

아, 아프겠다. 등껍질이 다 벗겨졌어. 칸트 소년은 슬픈

눈빛으로 삼각단풍나무에게 다가갔다. 몸통 줄기의 껍질
들이 너와처럼 다닥다닥 일어나며 벗겨지고 있었다.

겨울 안개 속을 달리는
연필선 같은 철길

보이지 않는 것이 아니라 네가 다른 곳을 보고 있는 거야.

    누가 하루하루를 어떤 표정으로 이어가든지 해와 달은 할 일을 한다. 가을을 메모처럼 남기고 겨울 안개가 세상을 하얗게 품은 날 기차가 백지 속 같은 아침을 달리고 있었다. 두 줄로 그어 놓은 연필선 같은 철길만 믿고.

    띄엄띄엄 앉은 승객 중에 칸트 소년이 책을 펼쳐 무릎 위에 놓은 채 시종일관 차창 밖을 주시하고 있었다. 안개만 밀릴 뿐 아무것도 볼 수 없는데. 이따금 멈췄다 가는 정거장 풍경이 실루엣으로 잠시 스쳤다.

　어디쯤일까? 칸트 소년은 갈증을 느꼈는지 창가에 두었던 스위트블랙커피를 한 모금 입에 머금었다. 쌉싸름하고 달짝지근하다.

　칸트 소년은 자신에게 지어준 이름이다. 그의 외모는 군대나 갔다 왔는지 이웃집 여자가 한 번쯤 궁금해했을 곱상하게 생긴 젊은이다. 그런 그는 자신을 삼인칭 인생이라고 말했다. 나와 내 영혼은 따로 사는 것 같아.

　한때는 멋있게 보이려고 블랙커피만을 고집스럽게 마신 때도 있었다. 칸트 소년의 지적 허영심이 자신에게 포장해 놓은 무늬이기도 했다. 칸트의 순수이성비판과 프로이트의 정신분석학을 고통스러울 정도로 재미없어 하며 고시 공부하듯 읽고 또 읽다가 여러 달 동안 소화불량으로 트림

을 해 댔었다. 새벽 네 시만 되면 통증이 어김없이 찾아와 잠 깨우는 위장병을 앓고 난 다음부터는 설탕이 조금 섞인 커피를 마시고 있다. 그는 이름을 블랙커피를 마실 때부터 남의 마음을 읽는 프로이트로 붙이려다 편협하지 않으려고 칸트 소년이라고 불렀다. 이상한 것은 블랙커피가 아닌 프림을 넣은 커피를 마시면 트라우마처럼 속이 거북하고 트림을 했다.

아무것도 보이지 않는다. 겨울 안개는 겨울바다의 수평선마저 지웠다. 땅에서는 발자국만 따라다니는 바닷가 모래밭에서 칸트 소년이, 공중에서는 5킬로와트쯤 되는 작은 전구를 매달아 놓은 듯한 희미한 해가 안개 속을 표류하고 있었다. 걸어도 걸어도 안개 속이었다. 파도 소리만 가까

워졌다가 멀어지곤 했다.

색채의 마술사라는 화가 샤갈이 나타난대도 물감이 필요치 않다. 그에게 몽당연필을 쥐어 주면 충분히 그려 낼 수 있는 무채색 풍경이었다.

그런 것은 대통령 같은 이는 알지 못하지. 관심 줄 틈도 없겠지만. 일인이 판토마임으로 연기하기에 더없이 좋은 무대라고 생각하며 칸트 소년은 피식 웃었다. 나는 그리움과 외로움을 포기하지 않았어. 칸트 소년은 마치 배우가 된 것처럼 뜬금없이 독백했다. 반복해서.

보이는 것 같았다. 푸른 바다의 물껍질을 벗기며 겹겹이 달려오다가 층층이 무너지며 부서지는 하얀 파도. 칸트 소년은 안개 속을 등대의 등불처럼 뚫어지게 보며 생각했다.

아무것도 보이지 않지만 알 수 있는 모습이 영혼의 눈빛이 겠지. 좀 더 정확히 말하면 소리만으로 지금 파도의 모습을 내가 안다는 것. 저들의 소리는 영혼의 언어라고 주장하고 싶어. 내가 이토록 외롭게 말할 때 동의해 주는 사람이 있다면 난 그를 절대 잊을 수 없겠지.

칸트 소년은 저들과 대화하고 싶지만 방법을 알지 못했다. 영혼의 대화에서 읽은 내용대로 시도하지만 실패할 뿐이었다.

나와는 대화하지 않니? 칸트 소년은 들려오는 소리에 두리번거렸다. 침침하고 차가운 수증기 같은 안개만 거대한 이글루처럼 뒤덮고 있어서 어느 하나 볼 수 없고 보이지 않았다.

나는 그리움과 외로움을 포기하지 않았어.

보이지 않는 것이 아니라
　　　네가 다른 곳을 보고 있는 거야.

　나야, 너에게 영혼의 오솔길을 만들어 준 나라고. 안개
가 말하고 있었다.

　아, 그럼 안개 속을 거닌다는 게 영혼의 오솔길을 걷는
다는 말이지? 칸트 소년은 스스로 묻고 고개를 끄덕였다.

　보이지 않는 것과 만나고 들리지 않는 것과 마음 전한다
는 것을 알기 위해 너는 여기까지 온 거야. 나는 네가 겨울
여행하겠다고 부산스럽게 새벽을 나설 때부터 동행했어.

　그럼 내 영혼이 어디에 있지? 나에게 있으면 내게 말해
주어야 하는데 수없이 물어도 대답이 없어.

　네 영혼은 너지만 불행히도 네 영혼은 너에게 말할 수
없는 거야. 마치 거울이 있어야 네 모습을 볼 수 있듯이 네
마음을 물속처럼 들여다보아 주는 영혼이 있어야 그 영혼

이 대신 대답해 줄 수 있어. 그런 영혼을 만나는 일은 꽤나 드물지. 영원히 만나지 못할 수도 있고. 네가 쓸쓸해 보일 때 내가 간혹 나타나 줄 수는 있어도 영혼의 대화를 하는 것은 네 몫이거든.

안개의 말을 묵묵히 듣고 있는 칸트 소년의 표정은 점점 더 외로워지고 있었다. 그 동안 마음속에 보호해 오던 그리움마저 외로울 만큼.

용기 내. 너는 특별한 영혼일 수 있어. 어딘가에서 너보다 더 외롭게 네 영혼을 그리워하며 기다리는 영혼을 생각하며. 안개는 산책하기 편안하게 터널처럼 만들어 주었다.

있을까? 이렇게 말하는 칸트 소년의 눈빛 속에서 아프락사스를 뚫고 달려 나오려는 영혼을 안개는 말하지 못했다.

내가 왜 너에게 영혼의 오솔길을 내고 있다고 생각하니?

안개의 볼멘소리에 칸트 소년은 궁금한 것이 하나 더 생각났지만 자신의 무관심을 동행해 준 것이 미안해서 묻지 않았다.

간이역에 내리다

소통한다는 것은 다리를 놓아 오고가는 거야.

　　칸트 소년은 조금 더 멀리 가기 위해 늘 그리움이 지키고 있을 것 같은 간이역과 외로움이 천년은 눌러앉은 것 같은 작은 바다를 찾아가기로 마음먹었다. 그런 곳이라면 영혼이 있을 것 같았다.

　　행선지를 옮겨 미항역에 내리니 외등 그림자만 일곱 살박이 여자아이처럼 낡은 쇠기둥 뒤에 숨어서 부끄러운 듯 빼꼼히 보고 있었다. 오고가는 사람이 없으니 바쁠 것도 없는 역무원과 휴게소 점원은 모처럼 사람이 나타나자 시

선을 떼지 않았다.

작은 바다로 가려면 어떻게 갑니까?

여기 바다는 바다랄 것도 없수. 여점원의 안내는 볼 것도 없는 이 곳에 왜 왔냐는 투다. 역에서 월급을 적게 주나? 누구에게도 친절할 것 같지 않은 목소리다(그렇게 생각하는 건 칸트 소년의 오산일 수 있다. 젊은 것이 팔자 좋아 일 대신 여행이나 다니냐고 따지는 태도일 수도 있다.). 대합실 밖에서는 배가 불룩 나온 택시 기사가 칸트 소년을 향해 기웃거리고 있었다.

버스는 조금 전에 떠났수. 한 시간에 한 대씩 운행한다우.

칸트 소년은 간이역사 밖으로 나가며 주머니에 손을 넣고 망설였다. 버스 정류장에는 휑한 바람만 찬 물로 세숫

대야 헹구듯 돌아다니고 있었다. 택시를 타? 요금표를 보
니 버스는 1200원인데 8000원을 부른다. 칸트 소년이 마음
속으로 흥정하는 동안 십 분이 흘렀고, 서성거리며 시선을
허공에 두어 오 분이 더 지나자 택시 기사는 대합실을 향해
성큼성큼 걷더니 남자화장실로 들어가 버렸다.

　수리해서 운전하고 올 걸 그랬어. 몇 달째 파킹해 놓은
낡은 차가 이럴 때는 아쉽다고 생각했다. 아니야, 차로는
지나치기만 하지 침묵의 언어도 마음의 소리도 꿈꿀 수 없
어. 영혼의 대화는 어림없지. 그는 영혼의 대화를 읽기 시
작하면서부터 차를 운전하는 일이 거의 없었다.

　역무원은 먼발치로 보았기 때문에 상상하기 어렵고 여
점원과 택시 기사의 영혼은 무슨 생각을 하며 지낼까? 자

신의 영혼은 또 어떤 모습인지 궁금하면서도 왠지 허전했다. 이렇게 만나고 대화하는 인연이 모래바람처럼 메말랐다는 것밖에. 설마 영혼이라는 것이 사막에서 속는다는 신기루는 아니겠지. 나만 무인도에서 지나가는 배를 향해 찢어진 깃발을 흔드는 건가?

미안한 거구나. 두 사람 아니 역무원까지 세 사람이나 나나 마찬가지라고 입장을 바꾸어 생각해 보다가 칸트 소년은 고개를 숙이고 시큼해지는 코를 찡그렸다.

여보슈, 작은 바다로 가는 버스 왔는디 뭐해유. 여점원이 대합실 문을 열고 소리치자 스톱 스톱, 택시 기사가 화장실에서 느긋하게 나오다 말고 출발하려는 버스를 향해 뒤뚱거리며 뛰어갔다. 택시 기사 덕에 가까스로 버스에 올

라탄 칸트 소년은 창문을 열고 손을 흔들어 인사했다. 추워유. 문 닫아유. 승객들의 원성을 들으며.

먼지조차 평화롭게 쉬고 싶어 쌓일 것 같은 마을을 몇 곳 지나자 마을이라는 뜻이 무엇인지 궁금했다. 아무도 그 어원을 알 것 같지 않고 그 말을 물으면 별이상한 사람 다 보겠다는 듯 어떤 사람은 키득거릴 것 같은데, 칸트 소년은 그것이 왜 궁금한지 자신도 이해할 수 없었다. 그냥 살면 되지. 그게 왜 필요한데. 그럼 밥은 뜻이 뭔데?

누군가 뒤통수를 쥐어박듯 힐책하는 것 같아 돌아보는 이도 없는데 칸트 소년은 몇 명 되지 않는 승객들의 눈치를 살폈다. 창 밖으로 지나가는 풍경 속에서 개가 짖고 있었다. 개는 오랜만에 지나가는 버스를 보고 짖는 것이겠지만

칸트 소년은 자신을 보고 짖어 댄다고 생각했다.

　어느 마을 앞을 멀찍이 지나갈 때는 두 길이 개울을 사이에 두고 마을에서 나오고 마을로 들어가고 있었다. 길과 길 사이로 흐르는 개울 위에 놓인 다리가 줌인하듯 눈에 들어왔다. 누구나 삶이 다르듯 생각이 다르고 갈망하는 것도 다를 수 있다. 소통한다는 것은 다리를 놓아 오고가는 것이겠지. 영혼이 있다는 것을 볼 수 있고 영혼이 이어지는 길을 알 수 있다면 영원한 우주를 믿을 수 있을 것 같았다.

　버스는 친구끼리 모여 사는 다정한 풍경 같은 마을을 드문드문 지나며 한두 사람씩 내려주고 태웠다.

　왜 늦게 나오셨슈? 지당 마을이라는 푯말 앞에서는 버스가 한참 서 있다가 등이 느티나무 고목처럼 휜 노인이 지팡

이를 짚고 나타난 다음에야 조심해서 태우고 떠났다. 운전
사와 주고받는 대화로는 읍내 보건소에 가는 것이었다.

백 년의 시간이
멈춘 도시

외로움을 쌓는 것은 마음의 소리를 하려고 침묵의 언어를 모으는
일인지도 몰라.

작은 바다를 끼고 있다는 읍내는 도시라기보다 면소재
지 같았다. 모두가 오래되거나 낡은 건물들이 그저 생긴
대로 골목을 내어 사는 것 같았다.

백 년쯤 세월을 돌려놓아도 낯설 것 같지 않은. 읍 중심
가에 위치한 제세약방 앞 정류장에서 내린 칸트 소년은 행
인에게 묻고는 손가락이 가리키는 도로가 꺾어지는 방향
으로 걸어갔다. 우선 멈춤이라는 푯말이 서 있는 기차 건
널목을 지나 옥상에서 깃발이 펄럭이는 이층짜리 흰색 건

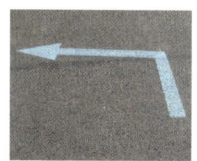

물을 바라보며 걸었다. 읍내의 높은 건물이라고는 이층짜리 몇 동이 전부였다. 시간이 멈추어 버린 도시 같았다. 아니 시간에 부식되고 있는 것은 아닐까? 기억이라는 배를 고정시켜 놓은 커다란 무쇠 닻처럼 붉은 녹 더께를 걸치고.

물때가 아닌지 배들이 뻘에 모여 있다. 멀리 나간 바다에서 햇살이 부서지는데 와아와아 그 소리가 시끄럽게 들리는 것 같았다. 만약 듣는다면 나는 영혼의 소리를 듣는 거겠지.

갯벌에 난 물길을 따라 갈매기가 날개를 접고 앉아 상념에 젖어 보였다. 애! 불렀지만 대답할 리 없다. 칸트 소년은 답답했다.

너만 답답한 거 아니란다. 갈매기가 말하는 것 같았다.

잘못 들었겠지.

　나도 너처럼 아무도 찾지 않는 작은 바다에 이렇게 혼자 온 거야. 네가 그렇듯 나도 내 언어로만 말할 뿐인 게 갑갑해서 어떤 때는 숨이 막혀.

　사람만 그런 것이 아니구나. 나랑 좀 더 가까이 있으면 안 될까? 칸트 소년은 고개를 끄덕이며 손짓해 보았다. 갈매기는 그럴 의사가 없어 보였다. 하는 수 없이 새의 궁둥이가 아닌 옆모습이라도 보려고 뻘에 발이 빠지지 않도록 조심하며 자리를 옮겼다. 멍멍, 새는 창공으로 날았다. 칸트 소년이 이동하는 것을 보고 흰 건물 옥상에 묶여 있던 개가 내려다보며 짖었던 것이다.

　꼭 그래야만 했어? 칸트 소년은 옥상을 올려다보며 항의

했다. 개는 꼬리를 치켜세우며 더욱 짖어 댔다. 마음의 소리보다는 드러내는 목소리에 자부심을 가진 것 같았다. 눈빛이라도 마주치면 더욱 자신의 존재감을 위력적으로 보이려 했다.

네가 무슨 원수진 일 있어 그러는 거 아니라는 거 알아. 인간들과 살면서 맡은 역할이라는 거. 칸트 소년은 더 이상 항의하지 않고 시선을 작은 바다로 향했다. 개도 재미없는지 짖는 것을 멈췄다.

무엇을 키우느라 나가지 못한 것일까? 바다는 먼 데까지 나가 있는데 뻘밭에 갇힌 물도 있었다. 칸트 소년은 오른손을 가슴 밑에 대어 보았다. 내 속에도 저렇게 물웅덩이로 남는 것들이 있겠지. 작은 바다는 언제쯤 오려나. 어쩐

지 물웅덩이는 치어들을 품고 있는 것처럼 보였다.

통통통. 배 한 척이 작은 바다로부터 수로를 따라 포구 가까이 다가오면서 투망질을 했다. 싱싱한 삶들이 그물에 갇히는 순간 어찌 되는 것인지. 식탁에서 아무렇지 않게 뼛가시를 발라내던 일상이 새삼 괴롭다. 아주 잠깐의 자책이겠지. 물고기는 저녁 상차림으로 접시에 올려지면 입맛 돋구는 생선일 뿐이다. 감상적이라며 단순 처리해 버리는 그 슬픔은 종교도 해결하지 못하는 복잡한 문제라는 거다.

칸트 소년은 뻘 너머로 달아난 작은 바다를 내다보며 포구에 서 있는 자신과 저 바다가 수로처럼 이어지면 좋겠다고 아쉬워했다. 내가 왔는데.

한동안 지켜보던 칸트 소년은 붙들어 매어 둔 듯 꼼짝

못하는 발걸음을 억지로 떼어 옮겼다. 눈빛이 작은 바다를

몇 번씩 뒤돌아보는데도 읍내로 향했다. 말줄임표처럼.

네 마리 개의 단체 사진

사람이 강아지를 데려다 키우는 것은 누구를 위한 걸까?
난초를 화분에 키우는 것이 난초를 행복하게 하는 걸까?

목재소 앞에 놓인 개집에 암캐가 묶여 있었다. 강아지 두 마리가 틈만 나면 젖을 물려고 떼썼다. 어미개가 힘들어 보였다. 젖 뗄 때가 지났는데 자꾸 젖을 먹으려 하는 것 같았다. 새끼가 두 마리뿐인 것을 보면 다른 새끼들은 사람들에게 분양되어 간 것 같다. 얼마나 애끊는 아픔에 울부짖었을까? 어미개의 눈빛이 젖어보였다. 칸트 소년은 자신도 인간이지만 인간이란 의문 부호였다. 사육이라는 표제어를 사전에서 지울 수는 없을까?

　제세약방으로 다시 가는 길에 자유로운 개 한 마리를 만났다. 반갑다. 흥! 칸트 소년이 반가워하자, 그 개는 길을 바꾸어 뛰어갔다. 유기견인가? 인간에게 버림받은 개의 심정은 어떨까? 저 개들은 또 뭐지? 문 닫은 지 오래된 듯한 악기 가게 앞의 계단에 시추라는 개 네 마리가 단체 사진 찍듯이 앉아 있었다. 가족처럼 보였다. 누가 어미이고 새끼인지 구분이 가지 않았다. 덩치가 고만고만했다. 그들은 유기견이라 해도 행복해 보였다. 칸트 소년은 그들의 세력과 행복을 조금도 방해하고 싶지 않았다. 영혼들도 그럴 수 있기를 바라며.

　끼룩끼룩. 공중으로 기러기 떼인지 고니 떼인지 새들이 편대를 이루며 날아가는 것이 보였다. 철새 도래지가 여기

서 멀지 않다우. 약방 주인이 낯선 젊은이를 보고 말해 주었다. 서울에서 내려오면 죄다 그리 구경 가지 읍내는 오지 않는데, 어디서 오셨수? 용인에서 왔습니다. 약방 주인은 서울 사람이 아니라는 것에 실망하는 눈치가 역력했다. 지금도 사람은 서울로 보내고 말은 제주도로 보내라는 속담이 약방 주인에게는 맞는 소리 같았다. 얼마나 그 곳으로 떠나고 싶어 하는지 묻지 않아도 알 수 있었다.

날개가 있어 더 외롭다

사람은 날개가 없어 새를 부러워하지만 홀로 나는 새는 날개가 있어 더 외롭고 고단해.

칸트 소년은 버스가 다니지 않는 곳이라 어쩔 수 없이 택시를 타고 갈대밭이 넓은 하구로 갔다. 가는 길에 조류독감 때문에 예전만 못하다는 말을 들었다. 갈대밭을 따라 걷다 한두 마리 날아오르는 것을 보았다. 읍내서 본 새 떼는 어디로 간 것일까? 저어기. 새들은 어디에 모이느냐고 물었더니 하구 건너편으로 갔을 거라고 현지인이 팔을 길게 뻗으며 대답했다.

이 곳을 사람들이 불편하게 했다는 생각이 들었다. 식당

이 즐비한 것을 보니 새들이 거리를 두느라 하구 건너로 옮긴 것 같았다. 그래도 때로는 그리운지 이리로 날아왔다가는 새들도 있어유.

멀리서 온 영혼을 만나고 싶었다. 혹시 그들에게 수소문하면 내 영혼이 있는 곳을 알지 않을까? 손발이 어는 듯 감각이 무뎌지는데 그들은 나타나지 않았다. 새들이 오게 이곳을 어서 떠나라는 듯 철새 도래지의 하구 둑 겨울 날씨는 칼바람으로 칸트 소년을 후렸다.

끼룩. 아, 왔구나. 황새인지 꽤나 큰 새 한 마리가 울며 날아와 갈대밭에 앉지 못하고 맴돌다 도로 하구 건너로 날아갔다(칸트 소년 때문인지도 모른다.). 누구를 찾으러 온 것일까? 내 영혼이 외로워하듯.

칸트 소년은 새벽에 나온 이후 아무것도 먹지 못했다. 허기 때문인지 뼛속까지 냉기를 느꼈다. 무엇을 먹을 겸 우선 몸을 녹일 수 있는 식당을 찾아야 했다. 왜 이렇게 설계가 된 것일까? 산다는 것에서 먹어야 하는 조건은 늘 고단하고 슬프게 한다.

남의 생물을 섭생해야 사는 저주보다 경멸스러운 저주가 또 있을까? 어이없다. 지구라는 보석처럼 아름다운 별에서 살려면 그 천형이 숭고한 가치로 존중되어진다. 먹이사슬은 설계되지 말았어야 했다. 자연 섭리라는 것이 모두 옳은 것은 아니라는 것을 아무도 말하지 않는다.

드디어 나타났어. 한 무리의 새 떼가 날아오고 있었다. 겨울 허공에 물살을 일으키듯 파도처럼 횡렬로 굽이치며

너울너울 날더니 도래지 벌판에 일제히 착륙을 시도했다. 그러나 칸트 소년의 시야로부터 삼백 미터보다 멀었다. 더구나 그들이 앉은 모습은 논바닥의 갈색과 섞여 식별하기 어려웠다.

　내가 다가갈 수 없는 거리를 유지하며 열심히 모이를 쪼고 있겠지. 그들이 살려면 늘 경계를 게을리 할 수 없다. 저들은 시베리아 땅에서 대륙의 끝에 숨어 있는 조용한 아침의 나라로(차라리 그렇게 말하고 싶었다. 그들에게 안식처이기를 바라며) 날아온 것이다. 수천 킬로미터를 한 번도 쉬지 않고. 지금 저들은 몹시 지치고 시장해서 억울한 일생에 대한 싱거운 이야기를 들어주거나 토론할 여유가 없을 것이다. 그것이 자신들의 이야기라는 것을 알고 있어도.

　사람들과 언어 소통이 자유롭다면 그들의 삶이 지금보다 안전할까? 자신 없었다. 대화의 단절이 울타리처럼 저들의 종족을 두르고 있을 때 오히려 지금처럼 최소한이나마 그들을 지키는 일인지 모른다. 단지 끼룩끼룩만으로 대화한다고 생각하지는 않는다. 하지만 들판에서 쉽게 들을 수 있는 끼룩끼룩 소리조차 무슨 뜻으로 의사소통하는지 사람들이 모를 정도로 그들은 통제하고 있는 것 같다.

영혼의 숨결을 따라가면

내 안에서 기다리는 나를 만나지 않을까?

부시럭부시럭. 영혼의 대화라는 책 속에서 종이 뒤적이는 소리가 났다.

여기도 틀렸어. 인간은 늘 논리를 따지는 것이 문제야. 논리란 말로 하는 숫자나 다름없어. 숫자는 무엇이든 계열화하는 속성이 있다고. 나는 너보다 우월하니까 내가 낸 답으로 결정해. 그렇게 해서 발전해 왔다는 역사가 인간에게 점점 더 나은 행복을 제공했을까?

플라타너스 잎이 책 속에서 책장을 넘겨 가며 문장을 수

정하느라 열중하고 있었다.

　칸트 소년은 겨드랑이에 끼고 있던 영혼의 대화라는 크고 두툼한 책을 펼쳤다. 플라타너스 잎은 이 사내가 자신을 책 밖으로 던져 버릴지 모른다는 두려움에 문장 수정을 멈추고 숨소리조차 내지 않았다.

　영혼의 대화는 상대의 숨결로 들어가 한 호흡을 할 수 있어야 한다.

　칸트 소년은 책장이 접힌 페이지를 펼치고 플라타너스 잎이 수정해 놓은 문장을 읽었다. 원래의 문장은 난초는 주인의 발자국 소리를 들으며 산다. 그런 것처럼 섬세한

관심으로 양육하듯 돌보고 대화하라고 되어 있었다. 그러면 그들의 영혼과 대화한다고.

늘 이렇다. 인간은 주인이라는 오만과 매사 소유하려는 습관으로 사물을 대한다. 이 기초 공식에 대입되는 다른 생물들은 모두가 수단으로 전락하고 만다.

우울해지지 말자. 우울해하면 마음이 더욱 안 좋아지고 해결할 의지조차 상실할 수 있어. 암흑 동굴 같은 곳에서 허방다리로 헛디디며 헤맨다 해도 나팔꽃처럼 되어 보자. 희미하게라도 한 줄기 빛만 보이면 빛을 향해 뻗어나가는 향일성으로 희망을 항성처럼 늘 띄워 두고 따라가는 거야. 그것이 내 영혼의 작업일 거야.

오늘이 힘들면 노력하여 내일은 오늘처럼 살지 않으면

되는 거야. 내일도 모래도 힘들 수 있어. 하지만 너에게는 포기할 수 없는 그리움이 있어. 그것 때문에 너의 외로움은 월요일에서 수요일로 건너뛰지 않고 수고로움을 단 하루도 생략하지 않으며 살아가는 거야. 네 영혼이 쉴 수 있는 그 날을 찾아. 놓아버림으로써 쉬는 것과 안음으로써 쉬는 것은 달라. 놓아버림으로써 쉬는 것은 영원히 지워버리는 것이고 안음으로써 쉬는 것은 영원히 함께하는 거야. 너와 네 영혼은 그런 것이야.

혹시, 네가 누군가의 영혼을 안고 살고 있다고 생각한 적 없니? 아니면 누군가가 네 영혼을 안으며 살아간다고 생각해 본 적 없니?

내 안에 누가 있는 걸까. 칸트 소년은 자꾸 중얼거리는

자신을 지금 이해할 수 없었다. 아무도 묻지 않는데 독백하게 되는 것은 자신의 저 안에서 그 누군가가 부르기 때문인 것 같았다.

키도 작지 않은데 꼬마라고 불리는 멀쩡하게 생긴 이 사내는 참 특이해. 머리가 그다지 나쁜 것 같지는 않아. 영혼의 지혜는 머리가 나쁜 것과는 아무 관계 없지만. 플라타너스 잎은 혼자 말하는 칸트 소년을 보며 측은한 듯 혀를 찼다.

맑은 눈빛으로 침묵하라

아침의 옹달샘에서 고여 나온 듯한 물속 같은 눈빛이 바라보듯......

영혼으로 만나지 못하면 영원히 함께 갈 수도 함께할 수도 없다. 영혼은 마음의 소리로 대화를 나누기에 소란스럽지 않다. 영혼의 대화를 하려면 거울 같은 호수를 담은 듯 맑은 눈빛으로 침묵하라. 칭얼대다 겨우 잠든 어린 클로버가 배냇소리로도 잠 깨지 않게. 민들레 홀씨 하나가 부드러운 흙에 내려앉을 때 숨소리로도 밀어내지 않게.

플라타너스 잎은 영혼의 대화를 읽는 데 열중하는 칸트

소년을 올려다보다 따분한지 하품을 했다. 내가 도와줄까?
휙, 칼바람이 책장 몇 페이지를 후루룩 넘기며 지나갔다.
칼바람이 플라타너스 잎의 마음을 읽은 것이다. 칸트 소년
은 언 손으로 어디까지 읽었는지 뒤적거렸지만 쉽게 찾아
지지 않자 읽던 책장을 덮고 몸도 녹이고 요기를 할 겸 식
당이 모여 있는 곳으로 갔다. 이 집 저 집 살피더니 식당가
끝에 있는 칼국수집으로 들어갔다.

　칼국수 되나요? 칼 하나! 칸트 소년이 주문을 하자 식당
주인은 보리차를 식탁에 대충 가져다 주며 칼국수 1인분이
라는 말을 줄여 주방에 대고 소리쳤다. 반가운 기색이 없
는 그의 표정은 혼자 나타나 가장 싼 가격의 음식을 시키고
식탁 하나를 차지하려는 젊은 사내가 못마땅했던 것이다.

칸트 소년은 식당 주인의 뚱한 태도에 불편하게 먹을 생각
이 없어 식탁 의자에 앉을까 말까 망설이다 그냥 참고 앉았
다. 칼국수를 먹을 수 있는 식당은 이 부근에서 여기뿐이
었다. 칸트 소년은 칼국수 먹는 것을 좋아했다.

  어렸을 때 어머니가 홍두깨로 밀가루 반죽을 동그란 멍
석처럼 펴 가며 얇게 민 다음 면 올을 일정하게 썰어 내시
던 모습을 옆에서 바라보며 신기해하곤 했다. 그런데 그
때는 칼국수 먹는 것을 좋아하지 않았다. 어머니가 쌀을
아끼느라 칼국수와 수제비를 저녁 식사로 자주 선택하셨
던 것이다. 그런 그가 칼국수를 자주 먹게 된 것은 어머니
가 세상을 떠나신 뒤부터다. 수제비는 지금도 여전히 썩
내켜하지 않는다.

누구에게나 배고플 때 흙 한 줌이면 한 끼 식사가 충분히 해결되고, 물 한 모금 마시면 만병통치약처럼 모든 것이 치유되어 무조건 세상이 유쾌해질 수 있다면 얼마나 좋을까?

칸트 소년은 칼국수를 젓가락으로 입에 넣다 말고 보리차를 얼른 마셨다. 캑캑. 고개를 반쯤 숙인 채 사레들려 기침하는 그의 눈가에 눈물 한 방울이 매달려 있었다. 가난과 병으로 고생하신 어머니가 떠올라 목이 메었던 것이다.

왜 다 잡숫지 않구. 칼국수값을 계산하고 신발을 신는 칸트 소년 등 뒤에서 식당 주인이 넉살을 떨었다. 눈치를 준 것이 마음에 걸렸던 것이다. 왜 이리 세상은 불편하고 미안한 것일까? 끼룩. 칼국수집 문이 열리고 밖으로 나오

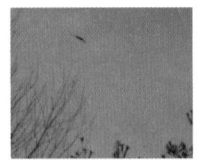

던 칸트 소년이 허공을 올려다보았다. 철새 한 마리가 날아가고 있었다. 설마 길 잃은 새는 아니겠지. 나처럼.

나처럼? 내가 왜? 생각 없이 자신의 입 밖으로 튀어나오는 말에 손으로 입을 막았다. 마치 나처럼이라는 말을 다시 주워 담기라도 할 듯. 내가 외톨이가 아니라는 것을 주변 사람들은 다 알아. 그들은 나를 보고 즐거워하고 나는 그들을 기쁘게 해 주려 해. 내가 아는 사람들이 천 명도 넘는다구.

나는 떠다니는 섬이야.

여행에서 돌아오며 작은 바다를 회상하던 칸트 소년은 고개를 끄덕였다. 아무도 나를 이해 못하겠지. 사람들은

이 세상에서 가능하지 않은 것을 따진다며 나를 동정하겠
지. 그렇게 중얼거리다 말고 이번에는 피식 웃었다. 그러
고는 주위를 살폈다. 자신을 이상한 사람 취급할까 봐 신
경 쓰인 것이다. 혼자 중얼거리고 피식 웃는 거 고치라고
말하던 여동생의 조용한 잔소리가 들리는 것 같았다. 칸트
소년의 여동생은 비구니다. 여동생이 비구니가 된 뒤에는
그 고요한 눈빛이 말해 주는 침묵이 더 큰 잔소리로 들렸다.

작게 말해도 자신의 목소리가 가장 크게 들리고,

다른 사람이 화내는 소리가 그 다음 크게 들리고,

내 욕심을 도와주는 소리가 그 다음으로 들려.

착한 소리와 진실의 소리들은 잘 들리지 않아.

노크

걸어다니는 겨울나무

독백하는 사람이 겨울 산책 중일 때 걸어다니는 겨울나무 하고 부르면 뒤돌아보지 않을까?

　나는 걸어다니는 겨울나무야. 또 피식 웃었다. 이번에는 두리번거리지 않았다. 주위에 겨울나무 말고는 사람이 없는 것을 확인해 두었기 때문이다. 얼마나 걷고 싶을까? 익숙한 길가에 늘 서 있는 신갈나무에 다가가 손을 내밀었다. 하긴 손이 없는 네가 악수를 받아 줄 리 없지. 딱, 아야. 그렇게 빈정대는 칸트 소년의 뒤통수에 오래된 잣나무에서 마른 잣송이 하나가 떨어진 것이다.

　홋. 누가 비웃는 걸까? 칸트 소년은 뒷머리를 쓰다듬으

며 소리 나는 곳을 찾았다. 신갈나무가 웃음을 참지 못해 소리를 내고 만 것이다. 잘못 들었겠지. 혹시? 칸트 소년은 급히 영혼의 대화 책을 펼쳤다.

침묵의 언어는 깊은 존중과 배려로 조심해서 다가가야 겨우 대화 연습을 시작한다. 맨 앞에 있는 귀가 맨 마지막 에 있는 마음의 소리를 들었을 때 비로소 영혼은 안개가 열 어 주는 오솔길을 산책하듯 대화한다.

무슨 말일까? 칸트 소년은 25페이지째에서 같은 문장을 몇 번 되풀이하여 읽었다. 도대체 침묵이 어떻게 말을 한 다는 거야. 똑같은 말만 하잖아. 머리를 흔들더니 책장을

덮었다. 화가 나는지 숨소리도 고르지 못했다. 좋은 말이
면 무슨 소용이람. 답 없는 문장이 세련되게 위장하려고
어렵게 써 놓은 것 같아.

플라타너스 잎은 책 속에서 가슴북을 치며 펄쩍펄쩍 뛰
었다. 나는 잘 이해할 수 있게 하려고 몸 부서지는지도 모
르고 수정했는데 그 큰 공은 모르고 답이 없다고? 어이, 키
큰 꼬마. 실망이야, 실망.

그리움과 외로움의
국경선에서

그리움과 외로움을 분리하면 덜 힘들까?

영혼의 대화를 배우려 하는데 그리움과 외로움이라는 말에 관심 가는 것을 막아야 해. 창 밖을 내다보던 칸트 소년은 자신에게 힘주어 주장했다. 그것은 겨울 아침 햇살이 튕기는 맞은편 창문에 고정된 자신의 시선을 치우려는 안간힘이었다. 외로움의 끝이 너라면 그리움의 끝은 나야 하고 그 창문은 날마다 말하는 것 같았다(진실은 창문이 아니라 그 안의 사람이었다.). 칸트 소년은 맞은편 창문이 영혼의 대화를 방해하는 것 같아 다시 겨울 여행을 시작하기로 마

음먹었다. 이해할 수 없는 노릇이었다. 그리움과 외로움이 영혼의 대화와 무슨 관계이기에 분리되지 않는 것일까?

이번에는 해와 달이 운동장처럼 뛰어노는 큰 바다로 가기 위해 길을 나섰다. 버스를 타고 해안선을 굽이굽이 돌았다. 종점에서 내리니 해돋이 마을이었다. 바닷가 정류장에서 큰 바다를 바라보았다. 그리움이라는 내가 외로움이라는 정류장에서 내린 것 같았다. 바다를 만나러.

그런데 아침에 본 맞은편 창문이 이 곳까지 따라온 듯 생각날 게 뭐람(그는 인정하지 않으려는 듯 고개를 흔들어 보았다.). 지금 영혼의 대화법을 터득하기도 버거운데.

바다와 하늘이 커다란 창문처럼 보였다. 걸었다. 걷다 보면 무엇이라도 나올 것을 믿는 것처럼 칸트 소년은 바닷

가 백사장을 걸었다. 때로는 해안도로를 따라서 어떤 때는 갯바위를 오르내리며. 그러는 동안 바닷가 버스 정류장을 네 곳이나 지나쳤다.

닻. 갯벌에 드러난 무쇠덩어리와 배가 밧줄로 이어져 있었다. 서로를 단단하게 묶고 있었다. 그리움과 외로움이 뗄 수 없는 관계이듯. 그렇구나. 마음의 소리와 영혼의 대화의 관계가 아주 조금은 이해될 것 같았다. 그나저나 침묵의 언어는 또 어떻게 배워야 하지?

바다의 수면 위에서 빛 조각들이 하얀 꽃가루처럼 부어져 눈부시게 조잘대고 있었다. 해가 바다와 말하고 빛 조각들이 저희끼리 말하고 아니면 물고기들과 이야기할 수도 있겠다. 영혼의 대화를 할 수 있다면 가라앉지 않고 물

위를 걸어가 저들과 깔깔거리며 즐거워할 수 있지 않을까?
칸트 소년은 바다 수면 위로 끝없이 걸어가는 길이 있으면
좋겠다고 생각했다.

　기억상실증에 걸린 것 같았다. 그렇지 않다면 얄밉게 못
가는 줄 알면서 오라고 손짓하는 물결과 말하고 허공에 누
가 지나갔는지 뒤따라가는 따구름과 말할 것 같았다. 한 걸
음이 백 미터가 넘어 보이는 전신주와도 말하고 기체와 액
체와 고체 중에 어느 것이 진짜인지 물의 정체성을 논해 보
고 싶은 얼음과도 따질 수 있을 것 같았다. 저기 버스정류
장 옆에 우두커니 서 있는 노송과도 소나무의 조상의 조상
이 누구라며 과거에 여러 번 말했던 것을 지금도 쉽게 말할
수 있을 것만 같았다. 어떤 언어로 소통했는지 도무지 생각

나지 않는 것만 같았다. 날마다 만나서 이야기해도 할 이야기가 늘 무궁무진한 친구와 갑자기 아무 말도 통하지 않고 아무 소리도 들을 수 없다면 얼마나 답답할까? 칸트 소년의 심정은 꼭 그랬던 것처럼 두 발로 땅을 쿵쿵 굴렀다.

너희들은 내 발자국이잖아!

발자국들의 눈빛

발자국들은 개똥별들과 같은지 몰라. 어느 별을 따라다니다 밤하
늘에 뿌려지며 삭아지는…….

한두 번 이런 기분이 드는 것도 아닌데 기운이 더 소진
되는 것 같았다. 너무 많이 걸었나? 칸트 소년은 백사장에
찍히며 따라온 자신의 발자국들을 돌아보았다. 그들은 눈
빛만 깜박이며 칸트 소년을 안타깝게 올려다보고 있었다.
응? 발자국들이 어떻게 눈빛이 있을까? 저 눈빛이 말을 한
다면 침묵의 언어가 아닐까? 칸트 소년은 조심조심 발자국
들을 살폈다. 조금이라도 아는 척하면 부스럭거리는 소리
에 한꺼번에 날아가는 참새 떼처럼 달아날 것 같았다.

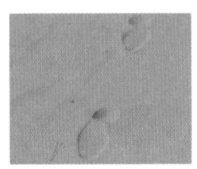

어떻게 말해야 하지? 칸트 소년은 이십 분도 더 꼼짝하지 않은 채 전전긍긍하기만 했다. 발자국들도 말없이 가만히 있을 뿐이었다. 칸트 소년에게 침묵의 언어를 들키지 않으려는 듯. 바닷바람과 겨울 날씨는 그의 신사적인 인내심을 시험하고 있었다. 너희들은 내 발자국들이잖아! 버럭 소리 지르고 싶었다. 그런 생각을 하자 발자국들은 일제히 마파람에 게눈 감추듯 눈빛들을 숨겨 버렸다. 아, 잘못했어. 미안해. 미안해.

칸트 소년은 바닷가 추위를 견디기 어려워 바다가 통창처럼 내다보이는 버스 정류장으로 들어가 바람이라도 면하려 했다. 뼛속까지 파고드는 찬바람은 피했지만 추위는 시간이 갈수록 품위를 지키려는 칸트 소년의 체면을 구겼

다. 콧물이 흐르는 것을 아는데 주머니 속에서 손을 빼어 닦는 것을 귀찮게 했다. 고개를 옷깃 속으로 최대한 거북이 목처럼 넣어보려고 애쓰도록 할 뿐이었다.

그의 두 눈은 연신 해돋이 마을 쪽으로 난 도로를 바라보았다. 종점인 그 곳에서 버스가 회차해 오기 때문이다. 들어간 지 한 시간도 더 지났지만 나타나지 않았다. 시골버스란 이렇다니깐. 칸트 소년은 발을 동동거리며 투덜댔다. 그때 먼지바람이 회오리치며 버스 정류장을 훑었다.

외로움을 공감한다는 거. 버스에는 운전사와 칸트 소년 둘뿐이었다. 오래간만에 나타난 버스지만 승차했을 때 승객은 방금 탄 칸트 소년이 전부였다. 이렇게 손님 없이 운행되면 운전사가 월급이나 제대로 받을 수 있을지 염려스

러웠다.

　칸트 소년은 무심코 운전사의 뒷모습을 살폈다. 운전사
도 운전하며 백밀러로 맨 뒷좌석에 앉은 낯선 젊은이를 힐
끔거렸다. 모두 빈자린데 하필 맨 뒷좌석 구석에 앉을 게
뭐람. 이 시골 도로에서 타는 손님을 모두 아는 그에게 처
음 보는 얼굴이었다. 어디까지 가슈? 어쩌면 세상은 텅 빈
버스에 올라타 맨 뒷좌석에 앉은 여행자와 정해진 노선을
운행하는 운전사의 만남처럼 서로 다르지만 같은 공간에
서 외로워하기도 하는 것이라는 듯 종점부터 싣고 온 것 같
은 침묵의 무게가 느껴지는 목소리로 물었다.

　칸트 소년을 태운 버스는 읍내 시외 버스 터미널로 들어
섰다. 기차역으로 가려면 이 곳에서 버스를 바꾸어 타야

했다. 칸트 소년은 버스에서 내려 매표소로 가 화양 가는 표를 샀다(어디까지 가냐고 퉁명스럽게 묻던 운전사가 가르쳐 준 대로 한 것이다.). 터미널에는 다른 행선지에서 오거나 또 다른 행선지로 떠나는 버스와 사람들로 분주했다. 칸트 소년은 아직 시간이 남아 가까운 곳에 서 있는 늙은 느티나무에게로 갔다. 누구나 인생을 가며 수없이 환승한다. 아니 환승해야 한다. 나무는 그렇지 않지만(나무도 꼭 그런 것은 아니지만).

　이번에는 서쪽 지방에서 동쪽 지방으로 가보기로 했다. 외로운 이가 목적지를 두지 않고 향하는 기차 여행은 가장 고독한 작업 중의 하나라고 생각했다. 갈 곳이 있는 것도 아니고 기다리는 누가 있는 것도 아니기 때문이었다. 자신

의 공간이 아닌 낯선 곳에서 혼자 밥 먹고 잠도 혼자 자고
자신에게 묻고 자신에게 대답해야 하는.

아무리 의자에 등을 깊숙이 기대어도 외로움만 더욱 지
쳐 갈 무렵 이름도 모르는 기차역에 칸트 소년이 비틀거리
듯 내렸다. 낯선 곳에서는 겨울비가 내리고 있었다. 김이
모락모락 나는 생강차가 마시고 싶었다. 하숙집, 순댓국
집, 다방 간판들을 지나 가랑비를 맞으며 시장통으로 들어
섰다. 일단 오뎅 국물로 속을 다스렸다. 잡혀온 생선들, 그
중에는 산 채로 잡혀온 잉어와 미꾸라지도 있었다. 칸트
소년은 물고기들의 눈을 차마 바라볼 수 없었다. 사방에서
채취되어 온 나물들도 모두가 잘 살고 싶었을 것이다. 행
복하게 인간들 이상으로.

  그는 시장에서 부지런히 빠져나와 비 내리는 골목을 걸
으며 하늘을 올려다보았다.

  무·엇·으·로·사·는·가·?

  하늘을 향한 그 침묵의 외침을 빗줄기들이 한 글자 한
글자씩 포박하고 있었다.

아프다는 소리를 못 하다

아프다는 소리를 못 하는 것은 삼각단풍나무뿐이 아니야.

요즈음은 보이지 않아. 날씨가 추워서 그럴 거야. 삼각
단풍나무와 메타세쿼이아가 주고받는 말이다.

지난번에 벤치에 앉아 내 낙엽을 책 속에 넣어 간 후로
나타나지 않았어. 오십 미터쯤 떨어진 광장 쪽에서 큰 소
리가 들려왔다. 가로수인 플라타너스가 길 끝을 기웃거리
며 대화에 동참했던 것이다.

그때 청소부가 나타나 벤치에 앉아 담배를 피워 물었다.
겨울 광장에는 오가는 사람이 없었다. 이런 추위에는 몸을

움직이게 치울 쓰레기들이 있었으면 좋겠다고 생각했다. 그러나 공원 광장에는 버려진 휴지 하나 보이지 않았다. 담배 연기만 허공으로 빠르게 스며들었다. 청소부는 담배를 뻑뻑 태우더니 휙 던졌다. 그리고 자신이 던진 담배꽁초가 떨어진 곳으로 터벅터벅 걸어가 담배꽁초를 주워 자루 속에 넣었다. 꼬마는 오늘도 보이지 않는구먼.

세상에는 너를 궁금해하는 것이 사람만은 아니다. 아직 그 특별함을 알기 전이지만(너의 영혼을 볼 수 있는). 네가 가을을 기억하고 봄을 기다리는 것처럼.

습기 찬 창문에서 물방울들이 흘러내리며 투명한 얼룩 속으로 드러나는 풍경을 설명하고 있었다. 알아들은 것일까. 영혼의 대화를 뒤적이던 칸트 소년은 닫혀 있는 창문

을 조금 열었다. 맞은편 창문은 닫혀 있을 뿐 햇살마저 빛나지 않았다. 하늘이 흐렸다. 그의 눈빛은 멀리까지 나간 바다를 보는 외로운 갯바위처럼 하늘을 올려다보았다. 비가 오든 눈이 내리든 나와 무슨 상관이겠어.

여행에서 일시적으로 돌아온 칸트 소년은 외투를 툭툭 털어 걸치고 모처럼 공원으로 산책을 나섰다. 모든 게 그대로였다. 그렇게 생각하는 것은 칸트 소년의 착각이다. 나뭇가지에는 나뭇잎들도 대부분 사라졌고 수풀 색도 그간 눈비를 맞아 검은색이 더욱 짙어진 흑갈색으로 변해 있었다. 가끔은 날마다처럼 나타나던 칸트 소년이 나타나지 않는 것을 궁금해하며.

왔어, 왔어. 소란을 떠는 수풀의 마음을 알 리 없는 칸트

소년이 삼각단풍나무 앞에 나타났다. 그는 껍질이 그 사이 더 심각하게 벗겨진 것을 보자 눈물을 찔끔 흘렸다. 아주 조심해서 어루만졌다. 많이 아프겠구나, 말할 수 없이.

나보다 메타세쿼이아가 더 안됐어. 삼각단풍나무가 마음의 소리로 말했다. 그러나 칸트 소년은 듣지 못했다. 콩. 삼각단풍나무 꼭대기에 앉아 있던 콩새가 메타세쿼이아 가지로 날아 올라갔다.

오오, 맙소사. 너는 금방이라도 눕고 싶어 하는 나무 같아. 이 정도는 아니었어. 칸트 소년은 메타세쿼이아에게로 가며 위로해 주었다. 나는 네가 더 수척해 보여(그 나무는 칸트 소년을 염려했다.).

칸트 소년은 메타세쿼이아와 삼각단풍나무 아래를 탑

돌이 하듯 여러 바퀴 돌며 서성거렸다. 이 겨울 더 이상 춥거나 괴롭지 않기를, 전나무와 소나무처럼. 두 손을 모아 쥐고 기도하듯 작은 숲을 걷던 그는 한참 만에 광장 쪽으로 발걸음을 옮겼다. 논이 내다보이는 장미 울타리를 지나자 몸통에 가디건을 입힌 듯 볏짚이 둘러져 있는 왕벚꽃나무가 눈에 띄었다. 칸트 소년은 보기 좋다는 표시로 손을 흔들어 보였다. 그리고는 멈춰 서서 작은 숲 쪽을 돌아보았다(버림받는 것 중에서 선택받는다는 것). 그는 가만히 주머니 속으로 손을 넣어버렸다.

얼마쯤 더 걷자 늘 산책하다 앉아보던 벤치가 보였다. 그 옆에는 변함없이 플라타너스가 서 있었다. 다섯 걸음 앞에는 가로등이 서 있고.

누구나무야, 잘 있었어? 칸트 소년은 플라타너스 나무를 누구나무라고 불렀다. 너도 누군가의 영혼을 보여 줄 수 있겠지. 그는 영혼의 대화의 책장을 펼치며 읽어 주었다. 그래서 앞으로 너를 누구나무라고 불러 주고 싶어. 괜찮겠어? 이 책의 책갈피도 너의 잎이야. 칸트 소년은 작은 숲에서 겪은 우울한 마음을 애써 참느라 그렇게 말하며 가로수에 기대어 섰다. 저 봐, 눈이 내려. 이건 네가 누구나무라는 뜻이야. 나의 영혼을 보여 줄 사람을 만날 수 있게 도와 줘 (뜬금없이 안개가 가르쳐 준 말이 생각났던 것이다.). 그는 얼굴이 빨개졌다. 자신도 모르게 고서점 맞은편 창문을 바라보고 있었던 것이다.

아름다운 중노동

어떤 사람에게는 아름다움이 중노동이야.

후후, 눈을 붙고 칸트 소년은 책 속의 플라타너스 잎을 만지작거리며 벤치에 앉아 보았다.

꼬마, 오랜만이군. 아직도 그 낙엽을 가지고 있다니. 나에게 줘. 내가 버려 줄게. 청소부가 나타나서 말했다. 칸트 소년은 청소부를 빤히 올려다보았다.

자네에게는 책갈피일지 모르지만 나에게는 쓰레기일 뿐이네. 청소부는 담배를 피워 물며 말했다. 나는 요즈음 진짜 쓰레기가 무얼까 고민해 보았네. 자네의 낙엽을 존중할

테니 오해 말게. 콜록콜록.

담배 연기는 중년쯤 된 그 남자의 폐부를 태우며 나오는 듯 독해 보였다. 건강해 보이지 않는 마르고 검은 얼굴로 보아 담배가 그 남자를 더 해롭게 할 것 같아 보였다.

안색이 안 좋아 보이는데 어디 아픈가? 청소부는 거꾸로 칸트 소년의 안색을 살펴주었다. 사실 칸트 소년은 낯선 곳에서 겨울비를 맞고 몸살을 앓으며 긴 여행으로부터 돌아왔던 것이다. 남쪽 지방에서는 비를 맞고 중부 지방에서는 눈을 맞네(속으로 중얼거리는 말이다.).

오늘은 내가 할 일이 많은 날이 되겠어. 청소부는 벤치에 잠시 앉지도 못하고 눈 내리는 광장 가운데로 걸어갔다.

설마 눈을 혼자 다 치우지는 않겠지. 그의 뒷모습을 바

라보는 칸트 소년의 머리와 어깨 위에도 어느덧 두툼하게 눈이 쌓이고 있었다. 어떤 사람에게는 아름다움이 중노동이 되는구나.

칸트 소년, 너의 마음을 불편하게 할 생각은 전혀 없어. 청소부에게도 불필요한 일로 업무를 과중하게 만들 까닭은 더욱 없어. 눈송이들은 하얀 손사래를 치며 내리는 듯했다.

그건 사실이었다. 눈들은 이 시린 겨울 착한 가슴으로 감싸주기 위해 내리고 있었다. 모든 것이 유리로 만든 비수처럼 차갑고 딱딱하게 얼어붙는 영하의 날씨에 꽃송이처럼, 파우더처럼 보드랍게 천지를 수놓으며 마음 쓰다듬듯 뿌려 주다니! 칸트 소년은 눈을 맞으며 겨드랑이에 끼고

있던 책을 펼쳤다. 아무래도 눈송이들이 뭐라고 떠드는 것 같았기 때문이다.

사람이 사는 일은 늘 분주하여 자신의 목소리가 가장 크게 들리고, 다른 사람이 화내는 소리가 그 다음 크게 들리고, 내 욕심을 도와주는 소리가 그 다음으로 들려, 착한 소리와 진실의 소리들은 작게 들릴 수밖에 없다.

특히 마음의 소리는 아무리 크게 울려도 가정 밖에 놓여 귓등으로도 듣지 못한다.

하다 만 말처럼 이렇게만 써 놓으면 내가 어떻게 알아. 칸트 소년은 머리를 흔들며 도리질을 했다. 앗, 차거. 머리

에 쌓여 있던 눈들이 펼쳐진 책장 위로 투둑 떨어졌다. 그 바람에 책장뿐만 아니라 플라타너스 잎에도 눈이 수북하게 떨어졌던 것이다. 칫, 침묵의 언어도 아직 알지 못하는데 마음의 소리를 어떻게 듣는담. 그는 책과 낙엽이 젖게 된 것을 자신의 부주의로 돌리지 않고 책의 내용을 탓하며 짜증냈다.

안타깝다는 듯 눈이 내리기를 멈추고 있었다. 해 주고 싶은 말이 많아 내리지만 마음의 소리를 듣는 이가 없으니 눈들은 번번이 얼마나 답답할까? 그저 아름답거나 불편하거나 자신의 사색에 그치는 일인 것을 알면서 멈추지 못하는 심정을.

아, 그랬구나. 멈추지 마. 조금만 더 내려 줘. 책장의 눈

을 털어내던 칸트 소년은 갑자기 벤치에서 벌떡 일어나 광장 한가운데로 부지런히 걸어가며 조금이라도 눈을 더 맞으려고 산책했다.

　백사장에서 발자국들에게 한 것처럼 내가 또 무슨 짓을 한 거야? 칸트 소년은 허공을 향해 가슴을 쳤다.

　마지막 눈꽃송이가 말하는 것처럼 내리며 플라타너스 잎 위에 떨어졌다. 비들은 눈보다 더 간절하게 말하지.

11월에 피는 들장미

꽃 지고 잎 지고 남들 다 진 들판에 선홍으로 홀로 핀 들장미. 그 한 송이는 꺼지지 않는 촛불이 되어 누군가의 가슴에서 흔들리고 있었어.

칸트 소년이 고개 숙인 채 눈길을 걸으며 터덜터덜 휴업이라고 써 붙인 고서점으로 걸어오고 있었다.

저어, 영혼의 대화라는 책을 수소문해 주실 수 있어요? 그 소리를 듣는 순간 칸트 소년은 조각상처럼 땅에 붙은 듯 서 버렸다. 맞은편 창문의 그녀였다. 겨울 여행 내내 그리움과 외로움으로 따라다니며 괴롭히던. 한 송이뿐인 영원한 장미라고 부르고 싶었던 그녀가 어째서 이 책을 찾는 걸까?

지난 11월 중순쯤 칸트 소년이 황갈색 풍경뿐인 산책길

에서 홀로 선홍으로 핀 들장미 한 송이를 보고 마음이 흔들렸었다. 그 날 맞은편 이층에 젊은 여자가 이사 왔다. 커피를 마시며 창 밖을 보던 그는 맞은편 창문을 닫고 있는 그 여자를 보자 그만 커피를 엎질렀다. 그는 자신도 모르게 나의 한 송이뿐인 영원한 장미라고 이름 붙일 수 있다면 하고 한숨 쉬었다(수도승 같은 그가 한 여자에게 특별한 모습을 띠는 것은 이례적이다.). 이후 자존심과 자신 없음 때문에 자신에게조차 인정하지 않는 속앓이를 계속해 오고 있지만.

그런 그녀가 골목에서 나오다 마주친 칸트 소년에게 하필 가슴에 안고 있는 책을 구해 달라고 부탁한 것이다. 그는 오는 길에 눈길에 미끄러져 책을 바닥에 떨어뜨릴 뻔했다. 그래서 겨드랑이에 끼고 있던 영혼의 대화를 가슴에

안고 조심조심 걸어왔던 것이다.

영혼의 대화, 여기 있습니다. 칸트 소년은 가슴에 안고 있던 책을 영원한 장미라고 부르고 싶은 그녀에게 두 손으로 건넸다. 아니, 어떻게 이런 일이 있을 수 있죠? 이 책은 누가 썼는지도 모르고 세상에 한 권뿐인 전설의 책이라고 하던데. 없을지도 모르는 이 책이 어떻게 이 고서점에 있네요? 그녀는 얼른 책값을 지불하려고 물었다. 그냥 드리겠습니다. 그녀는 몇 번을 지불하려 시도했지만 칸트 소년은 끝끝내 받지 않았다.

알 수 없는 일이었다. 그 책을 어떻게 그냥 내어 줄 수 있었을까? 아깝다는 생각이 들지 않았다. 그녀만은 꼭 알게 해 주고 싶었다. 이유도 몰랐다. 몇 번을 되풀이해서 읽었

지만 요즘 들어 외우다시피 읽었던 내용들이 부쩍 새롭게 읽혀져 자신의 기억력을 걱정하고 있었다(그는 플라타너스 잎이 수정해 놓는 사실을 까마득히 모르기 때문이다.).

　그럼 읽고 돌려드릴게요. 아닙니다. 제가 드리는 책입니다. 이제부터 그 책의 주인이 되신 겁니다. 읽고 돌려준다는 그녀의 말에 칸트 소년은 깜짝 놀라듯 과잉 반응을 하며 자물쇠로 잠긴 허름한 서점문을 바쁜 사람처럼 서둘러 열고 들어가 버렸다.

고서점 주인과 귀공자

의식하지 않으려 해도 벌써 무의식 속에서조차 마음과 눈빛이 맞은편 창문을 바라보고 있었어.

취미 삼아 책 수집을 해 오던 칸트 소년은 몇 해 전부터 고서점을 운영했다. 우연히 영혼의 대화라는 책을 파지 처리하는 곳에서 얻게 되었다. 책장을 대충 넘기던 그는 얼른 챙겨 자신의 서점으로 가져가 여러 번 다시 읽었다. 그 후 고서점에 책 사러 오는 사람들에게는 별반 관심 없더니 가게 문을 닫으며 휴업이라는 안내판을 내걸고 겨울 여행을 시작했던 것이다. 단 한 가지 고서점 셔터를 내려도 닫히지 않는 것이 있었다. 아침 햇살로 자신을 눈부시게 하

며 맞은편 창문을 열거나 닫아주는 사람이었다. 그녀는 독서를 좋아하는지 고서점에도 자주 들렀다.

칸트 소년의 고서점은 외등이 서 있는 골목으로 들어가는 행길 가 이층 건물로 1층은 서점으로 운영되고 2층은 칸트 소년의 침실 겸 서재로 사용되었다. 그녀는 골목 맞은편 2층에 살고 있었다. 칸트 소년에게 봄이 기다려지기도 하는 이유는 그녀의 책 읽는 모습을 열린 창을 통해 더 자세히 볼 수 있을 것 같기 때문이었다.

칸트 소년은 설레었다. 그녀와 마음의 소리를 주고받는다면 얼마나 가슴 떨리는 행운일까. 몸살기로 필요 이상의 추위를 타던 그는 겹쳐 입었던 스웨터 하나를 벗어 소파에 던지며 천정이라도 차고 오를 듯 점핑했다.

다음날 칸트 소년은 머리를 빗고 면도까지 정성껏 했다. 잘 입지 않던 검정 롱코트와 붉은색 목도리를 두르고 산책을 나갔다. 물론 맞은편 창문을 눈치 못 채게 힐끗 올려다보는 것을 잊지 않았다.

여이, 꼬마를 몰라 볼 뻔했어. 청소부가 광장에서 흥미롭다는 듯 아는 척을 했다.

그러지 않아도 흐트러지지 않는 스타일인데 영국 웨일즈 가문의 귀공자처럼 나타났네. 메타세쿼이아와 삼각단풍나무도 가만히 있지 않았다.

자랑거리가 있으면 참을 수 없어 골목 밖으로 뛰어나가는 어린아이처럼 칸트 소년은 공원을 걸었다.

무엇이 칸트 소년을 바꾸어 놓은 걸까? 공원에 있는 작

은 숲의 나무와 돌과 새와 고양이까지 고개를 갸우뚱했다. 웃는 것을 본 적이 없는데 오늘은 조금만 간질여도 웃음보를 터뜨릴 거 같아. 작은 숲의 다른 친구들도 덩달아 신이 났다. 칸트 소년의 웃음을 보게 될지 모른다는 기대감은 작은 숲뿐만 아니라 플라타너스와 벤치와 가로등들까지 포함하여 공원 전체를 술렁이게 했다.

칸트 소년은 사람뿐만 아니라 세상 모든 것이 시시콜콜한 것까지 대화하고 있다는 것을 모른다. 그래도 희망인 것은 작은 숲과 공원이 낙원처럼 행복하기 바라는 젊은이라는 것이다.

장자의 나비 꿈과 어느 기상학자의 논리인 나비 효과가 기사화된 적 있다. 베이징에 있는 한 마리의 나비가 나래

짓하면 한 달 후 뉴욕에 폭풍우를 몰고 온다는, 나비는 날개를 한 번 저어 아주 작은 바람을 만들었을 뿐인데 공기를 밀고 밀어 태풍을 만든다는. 영원한 장미라 불릴 그녀는 단지 헌 책 한 권을 고서점 주인에게 문의했을 뿐인데 칸트 소년의 마음을 흔들어 숲 전체의 기분을 바꿀 만큼의 위력을 떨치고 있다.

아직 작은 숲의 친구들은 그녀가 칸트 소년의 마음을 움직이고 있다는 것을 눈치 채지 못하고 있었다(그녀도 마찬가지다. 자신의 가벼운 미소만으로도 노도같이 세상을 질주할지 모를 의지가 누군가에게 있다는 것을. 무소 같은 그리움이 있다는 것을). 하긴 칸트 소년 자신도 자신의 한숨이 왜 나오는지를 잘 몰랐던 것이다. 작은 숲의 친구들과 마음의 소리

를 소통하지 못하는 이유일 것이라고 생각했을 뿐이다.

　오늘따라 산새들까지 작은 숲에 모여 노래하는 것 같아. 산들바람조차 친절한 걸. 저것 좀 봐. 나뭇가지들이 손에 손잡고 즐겁게 춤추는 게 틀림없어. 칸트 소년은 저절로 흥이 났다. 오늘 같으면 내 영혼도 노래하며 춤추고 싶을 거야. 자신조차 이렇게 사탕을 입에 넣은 어린아이처럼 들뜨는 기분을 이해할 수 없었다. 하지만 아직 드러낼 수 있는 것은 아니었다. 이제 겨우 그녀에게 헌 책 한 권을 건넸을 뿐이다.

작은 숲 음악회

칸트 소년은 작은 숲을 거니는 것이 지휘자의 위치라는 것을 모르고 있어.

그녀에게 자신할 수 있는 것이 아무것도 없었다. 휴우. 조금 전까지만 해도 싱글벙글 웃을 것 같던 칸트 소년의 두 어깨가 처지며 한숨이 길게 흘러나왔다. 나비춤사위 같은 발걸음으로 산책하던 칸트 소년이 고개를 숙인 채 작은 숲 한가운데 멈춰 섰다. 그와 동시에 새들의 노래와 산들바람의 친절함과 나뭇가지들의 산란거림이 일순간 정지해 버렸다. 구경 왔던 고양이들도 슬금슬금 장미울타리 밖으로 사라져 고요했다.

　그때 흰 강아지가 꼬리를 흔들며 나타나 칸트 소년의 발등을 엉덩이로 깔고 앉아 고개 숙인 얼굴을 빤히 올려다보며 왜 그러냐고 묻는 것 같았다. 칸트 소년은 허리를 굽혀 강아지를 안아 주었다. 하얀마음아, 오늘도 너 혼자 나왔니? 그 강아지는 종종 칸트 소년을 따라다녔다. 하얀마음이의 주인은 다름 아닌 영원한 장미였다. 이 장난꾸러기는 주인과 달리 밖으로 나돌아다니는 것을 좋아했다. 툭하면 집 밖으로 뛰어나와 주인을 골탕먹이는 것이 한두 번이 아니었다. 차도 가까이에서 신기한 표정으로 위험하게 뛰어다니는 것을 칸트 소년이 안아다 준 적도 몇 번 있다.

　너는 내 마음 아니? 칸트 소년은 자신의 얼굴을 혀로 핥으려 하는 하얀마음의 재롱을 징그러워하며 말했다. 그게

뭔데? 오늘도 누나가 창문을 커튼으로 가려서 그래? 하마터면 안고 있던 강아지를 떨어뜨릴 뻔했다. 내가 잘못 들은 것이겠지. 하얀마음이 사람처럼 말할 수 있을까? 그럼 내가 들은 것은 뭐지? 칸트 소년은 주위를 둘러보았다. 그러고 보니 조금 전까지 작은 음악회처럼 즐거워 보이던 작은 숲과 흥겹게 동참하던 공원의 풍경이 탈색한 그림을 허공에 걸어놓은 듯 아무런 움직임이 없었다. 작은 소리 하나도 들리지 않았다. 설마 다들 이러고 있는 거, 나 때문은 아니겠지? 그런 거야? 작은 숲의 그 누구 하나 대답하지 않았다. 이럴 수가. 이런 상황을 나 보고 믿으라는 것은 아니겠지. 신경과민일 거야. 불가능한 일에 집착해서 이명이 들린 거라고 판단했다.

하얀마음아, 왈왈. 하얀마음이 소리 나는 곳을 향해 짖었다. 그녀가 뛰어오는 것이 보였다. 너 또 칸트 소년 사장님을 귀찮게 하는구나. 얼굴에 땀방울이 송글송글 맺힌 것으로 보아 걱정을 많이 한 모습이다. 그냥 칸트 소년이라고 불러주십시오. 하얀마음이를 안고 있던 칸트 소년은 주인인 영원한 장미에게 건네주며 말했다.

하얀마음이가 칸트 소년 사장님, 아니 칸트 소년님이 산책 나가시면 언제 빠져나갔는지 이렇게 따라 나갔네요. 이러다 저보다 칸트 소년님을 더 좋아하는 건 아닌지. 그녀는 빠알간 사과를 한 입 베어 물면 드러나는 상큼한 육즙처럼 하얀 치아를 보이며 웃었다.

아니 그냥 칸트 소년이라고 부르십시오. 그게 편합니다.

순간 몸이 다비드 조각상처럼 경직된 그는 조금은 뻣뻣하게 말했다. 하나도 편하지 않게.

　아알겠습니다.

　아참, 영혼의 대화는 재미있습니까? 칸트 소년은 잊었던 말을 기억해 낸 듯 물었다. 사실은 그 책 읽느라 하얀마음이가 집 밖으로 뛰어나가는 것을 미처 몰랐습니다. 하얀마음이가 몸을 두 번 뒤틀자 그녀는 내려달라는 뜻을 알고 땅에 내려주었다. 하얀마음이는 쪼르르 산책로인 오솔길을 달려갔다. 뒤따라오지 않자 오솔길 모퉁이에 앉아 꼬리를 흔들며 기다렸다. 칸트 소년은 늘 다니던 산책 코스이기에 그 길로 갔고 영원한 장미는 강아지 주인이기에 따라갔다. 둘이는 말없이 함께 걸었다. 어떻게 소통할까 궁리하며.

입이 없는
하루살이의 생애

꽃은 씨앗을 잉태하면 어떤 산고를 겪을까? 입이 없는 하루살이의 사랑 의지는 얼마나 눈물겨울까?

둘은 나란히 벤치가 있는 곳으로 왔다. 잘 있었어? 칸트 소년이 플라타너스에게 아는 척하며 안부를 물었다. 훗, 사람에게 말하는 줄 알았어요. 그녀는 칸트 소년의 엉뚱한 행동을 보며 재미있어 했다. 칸트 소년은 순간 난처했다. 그 책을 읽고 있다면 이해할 줄 알았기 때문이다. 하하. 그는 순간의 위기를 모면하려고 웃었다.

저도 나무와 대화를 시도해 보려고 하는데 아직 용기가 나지 않아 못 하고 있어요. 안 될 것 같기도 하고. 그녀의

다음 말에 칸트 소년은 속으로 가슴을 쓸어내렸다. 이해해 주어 안심이 되었던 것이다.

마침 청소부가 지나가며 눈만 한 번 마주쳐 줄 뿐 꼬마라고 부르지 않았다. 다행이었다. 그녀와 함께 있는 칸트 소년을 배려했던 것 같다. 마치 예쁜 창문 밖에서 창문 안을 궁금해하듯 두 사람을 곁눈질하는 것 같았다. 착한 이웃처럼.

팍팍한 것에 성급하게 굴지 말자. 느린 것과 기다리는 것과 작은 것과 아주 가벼운 것까지 섬세하게 주의를 기울여 보자. 하루살이의 일생이 얼마나 절실한 구조로 탄생되었는지 영혼의 대화를 통해 돕고 싶을 것이다. 함부로 불행하다는 단어를 사용할 수 없을 만큼 얼마나 그들이 웅대

한 언어로 가슴 치는지 들을 수 있을지도. 입 없이 태어난 일생이 낼 수 있는 소리는 마음뿐이라는. 왜 번식을 해야 하는지. 여름날 장마 중에 한 줌의 햇살이 잠시 허공에 머물 때 그들의 사랑을 눈물겹게 바라보라. 청소부의 구부정한 등이 장광설을 하는 듯했다.

저어, 학생들 글쓰기 지도를 해야 할 시간이 돼서. 칸트 소년이 마음을 올올이 풀고 있을 때 한 땀 한 땀 뜨개질하듯 다소곳이 서 있기만 하던 영원한 장미가 조심스럽게 입을 떼었다. 아, 예. 칸트 소년은 지평선 밖에 있다가 황급하게 달려온 시선이 되어 주섬주섬 대답했다. 순간 휴업까지 해 가며 천착하는 자신의 모습이 부끄러웠다.

지구보다 슬프고
아름다운 별이 있을까?

미안하다 미안하다 말하면서 또 미안하다는 말을 하며 살아야 하는 별이기 때문이야.

다음 날, 장미 울타리에게 대화를 신청했다. 물론 칸트 소년의 독백이지만. 달개비꽃에게 발걸음을 조심해서 다가가 쪼그리고 앉아 아침인사를 나누고. 그때는 가장 낮은 소리로 말해야 하는 것을 잊지 않아야 한다. 자칫 네 목소리가 우라노스보다 큰 벽력처럼 들릴 수 있거든. 땅속에서 명주실보다 가는 탯줄을 쥐고 잠들어 있을 아기벌레들에게 어떤 일이 생길지 모르거든. 장미 울타리는 매우 사무적으로 설명했다.

　물론 지금은 겨울이라 달개비꽃이 없어 그럴 필요 없지만 봄을 미리 준비해 두는 것은 좋아. 칸트 소년은 속으로 답답했다. 고마워. 이렇게 말하는 그는 여자의 마음을 배우고 싶어 왔던 것이다. 장미 울타리에는 여자들이 자주 오니까.

　다음다음 날에는 왕벚꽃나무 앞에 놓인 바위에게 대화를 신청했다. 무시해 버려. 사람들의 일상은 자신들이 하고 싶은 것이 있으면 다른 것들은 대부분 무시해 버리지. 이용하는 궁리를 하거나 아주 조금 위해 준다며 더 귀찮게 구는 경우가 많아. 예의 없이. 저기 신갈나무가 몇 살인 줄 알아? 백마흔두 살이야. 험, 내 나이는 굳이 말하고 싶지 않아. 굴삭기에게 쪼개지지 않기를 바랄 뿐. 실은 말이야

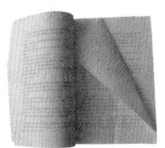

이 나이가 되었어도 여자 마음은 모르겠어. 여자도 여자를
모른다고 했어. 그건 아닌 것 같은데. 바위는 우울해졌는
지 땅속으로 가라앉을 듯이 말끝을 천근만근 흐리더니 더
이상 말을 하지 않았다. 하는 수 없이 칸트 소년은 여자의
마음 배우는 일을 가슴 깊은 곳에 숙제로 접어 넣었다.

　네 번째 날에는 서재 겸 침실에서 문 밖으로 한 발자국
도 나가지 않았다. 무시해 버리지 않으면 살 수 없는 인간
의 삶은(누구나 어른이 되면 영혼의 대화가 불가능해진다?) 끔
찍할 정도로 슬프다는 생각밖에 들지 않았다. 식탁에 놓인
생선구이와 닭강정을 보며, 물고기가 불쌍해. 닭을 먹는
거야? 어린아이가 난감하게 묻는 것을 경험하지 않은 어른
은 거의 없다. 그때마다 쓸데없는 소리 말고 밥이나 먹어.

퉁명스럽게 말하는 어른이 있고 먹어야 하는 이유를 궁색
하게 변명하느라 약간의 가책을 느끼는 어른이 있다. 그러
나 결론은 마찬가지다. 더 맛있게 먹는 방법을 가르칠 뿐
이다. 늘 무시해 버리는 세뇌 교육을 시킨다. 하루도 쉬지
않고. 보석보다 아름답게 빛나는 푸른 눈동자 같은 지구별
보다 더 슬픈 별이 있을까? 칸트 소년은 자신이 어른이 되
지 못하는 두려움을 알 것 같았다. 어쩌면 우리는 은하의
별 중에서 가장 슬픈 별에 살고 있는 것이 아닐까?

　인생 그냥 즐기다 가는 거야라는 말이 꽤나 낙천적인 것
같지만 그 말처럼 염세적으로 들리는 말도 없다. 인생 뭐
있어. 먹는 게 남는 거지. 칸트 소년은 실없이 들었던 소리
가 자꾸 들리는 것 같아 귀를 막았다. 오, 누가 말해 봐. 신

이 그렇게 만들었다며 답조차 생략하지 말고. 누군가 그래도 의미를 키울라치면 구성원들에 의해 찬물 바가지 뒤집어쓰듯 간단하게 정신 차려야 한다. 언젠가 고서점에서 여학생 둘이 책을 뒤적이며 히히대던 목소리가 정전기 일어나듯 따끔따끔 들렸다.

벗어날 수 없으면 즐기는 거야.

바흐의 오르간 연주곡

어른 꼬마는 다가가 누구나무와 마음이 이어진 듯 두 눈을 지그시 감고 함께 음악을 들었어.

　점심때가 되어도 침대에 누워 천정을 원망스럽게 올려다보던 칸트 소년은 앞집 대문 여는 소리에 벌떡 일어났다. 창문 틈을 조금만 내며 열어보았다. 누가 나간 것인지 알 수 없었다. 그는 트렌치코트를 대충 걸치고 부리나케 아래층으로 뛰어 내려갔다. 그녀는 보이지 않았다(영원한 장미가 아닐 수 있는데).

　골목을 서성이다 혹시나 해서 공원으로 가 보았다. 하얀 마음이를 산책시키러 갔을 수도 있기 때문이었다. 찬바람

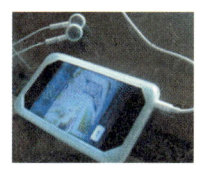

만 단거리 경주하듯 빠르게 질주하고 있었다. 춥다. 겨울이면 따뜻한 나뭇잎이나 풀잎이 겨울옷처럼 스웨터를 더 껴입듯이 찬바람 들지 못하게 무성하면 안 되나. 작은 벌레들도 그 속에서 따뜻하게 잠들게. 작은 숲을 못살게 구는 찬바람 소리에 칸트 소년은 툴툴거리며 옷깃을 올린 다음 주머니에 두 손을 깊게 찔러 넣었다. 주머니 속에서 엠피쓰리가 손에 잡혔다. 갑자기처럼 식물과 대화하는 법이 쓰인 책들을 구해 읽었던 내용이 기억났다.

루루. 칸트 소년이 음악을 들으며 작은 숲으로 걸어오는 동안 겨울바람이 거짓말처럼 잠잠해졌다. 엠피쓰리를 삼각단풍나무의 가슴이 될 것 같은 부위라고 생각되는 곳에 가만히 대어 주었다. 바흐의 오르간 연주곡이 흘렀다. 등

껍질이 많이 벗겨진 고통에 조금이라도 위로가 되었으면 좋겠어.

어느 거짓말 탐지기 전문가는 숲의 침묵이 궁금하여 기계를 설치해 놓고 관찰했는데 그들끼리의 언어와 감정이 있음을 발견했다는 연구 결과를 내놓았다. 어느 식물학자에 따르면 숲은 향기와 진동으로 서로에게 알린다고 했고 또 어느 학자는 식물은 동물과 다르게 진화하지 않고 협력하며 산다고 말했다. 개중에는 식물도 치열히 경쟁하며 살아 남는다고 쓴 이도 있다. 분명한 것은 대부분의 식물들이 바흐의 오르간 연주를 좋아하고 인간들처럼 파열음을 싫어한다는 것이다.

깍깍. 까치가 전나무 가지에 앉아서 아래를 내려다보며

기웃거리고 있었다. 안녕. 칸트 소년은 손 흔들며 올려다 보았다. 문득 산골 어린 시절이 떠올랐다. 쭈쭈. 불러보았다. 까치는 갸웃했다. 우물가에서 허공을 날고 있는 까치를 그렇게 부르면 우물가에 내려앉아 주위를 왔다 갔다 하며 소통하려 애쓰던 모습이 눈에 아직도 선했다. 다시 한번 쭈우 해 보았다. 까치는 후룩 날아가 버렸다. 위협을 느낀 것일까, 답답해서일까. 칸트 소년은 광장 허공을 가로질러 날아가는 까치에게 섭섭하기도 미안해하기도 했다. 나에 대해 누구나무에게 무슨 말을 하는 것일까? 그는 까치가 플라타너스 나무 가지 끝에 가 앉을 때까지 시선을 떼지 않았다.

구구구구구. 어머니가 마당에 모이를 뿌리며 부르시면

울 안팎에서 닭들이 모여들었다. 돼지를 부르실 때는 오레 오레 하며 먹이통으로 오게 했다. 개들에게는 공용어가 있었다. 쩍쩍쩍. 혀 차는 소리를 하시면 칸트 소년네 검둥이뿐만 아니라 이웃집 개도 달려왔다. 생각해 보니 하나같이 먹을 때만 부르는 소통 수단이 아니었다면 어머니는 훨씬 많은 풍성한 행복을 누리셨을 것이다.

칸트 소년이 누구나무에게로 걷고 있을 때 장미 울타리 틈으로 고양이가 들락거리고 있었다. 나비야! 칸트 소년이 무턱대고 부르자 가만히 멈추어 칸트 소년이 가까이 다가올 때까지 빤히 올려다보다가 냉큼 울 밖 소나무 뒤로 사라졌다. 고양이도 나비야 하고 부르면 어느 고양이든 돌아본다고 그는 알고 있었던 것이다.

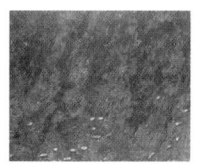

　TV에서 러시아 여인이 사나운 고양이와 두 눈을 맞추고 깜박이기를 몇 번하니까 고양이가 마음의 안정을 얻고 함께 눈을 깜박이며 착해지는 것을 본 적이 있다. 고양이는 심각한 외로움을 앓고 있었던 것이다. 단절이라는.

　누구나무, 너도 들어 봐. 칸트 소년은 플라타너스에게 다가가 굵은 줄기에 엠피쓰리를 대고 바흐의 오르간 연주를 들려주었다. 한참 들려주던 그는 팔이 아픈지 음악을 튼 채 밑동에 놓아두고 옆에 있는 벤치에 가 앉았다. 칸트 소년은 누구나무와 마음이 이어지기라도 하듯 두 눈을 감고 바흐의 오르간 연주곡을 가만히 함께 들었다. 편했다. 마음결이 물 섞이듯. 한참 그러고 있던 그는 조용한 빗물처럼 흐느끼는 소리를 들었다. 왜 그래?

소중한 의미

굳이 말하지 않아도 가슴에 놓여 살아 있는 거야.

아! 칸트 소년은 벌떡 일어나 영원한 장미를 찾아갔다.

저어, 플라타너스 잎만 돌려주십시오. 죄송합니다.

그녀는 외출했다 돌아왔는지 마침 있었다(외출을 안 했을 수도 있다.). 그렇지 않아도 돌려드리려던 참이에요. 그녀는 기다렸다는 듯이 영혼의 대화와 함께 플라타너스 잎을 내놓았다.

책은 아닙니다.

한 권뿐인 이 책과 책 속의 낙엽은 칸트 소년님과 매우

특별한 것 같았습니다. 그 소중한 의미를 지켜드리는 것이 예의라고 생각했어요. 그녀는 칸트 소년의 반대에도 플라타너스 잎과 책을 막무가내로 돌려주었다.

이렇게까지는 아닌데. 칸트 소년은 허망했다. 어떻게 좁혀 놓은 거리감인데.

아참, 영혼의 대화를 복사해서 한 권 제본해 두었습니다. 괜찮죠? 그럼. 그녀는 문 닫고 들어가며 한 마디 더했다.

여기서 뭐 해요? 닫힌 대문만 멍하니 바라보고 섰던 칸트 소녀은 외출했다가 돌아오던 집주인에게 질문을 받고서야 다음 행동을 생각해 냈다.

그는 누구나무에게로 가서 말했다. 그리웠지? 칸트 소년의 볼을 타고 눈물이 주르륵 흘렀다. 왜 진작 몰랐을까? 플

라타너스 나무와 그의 낙엽이 서로 그리워하고 있을 거라는. 미안해. 그는 플라타너스 잎을 업어 주라고 그 나무의 등에도 대어 주고 안아주라고 가슴에도 대어 주었다.

그립다. 내 영혼이. 내가 이렇게 답답해하니 내 영혼은 얼마나 외로울까? 나는 내 속 어딘가에 꼭꼭 숨어 있는 것 같은 내 영혼을 어떻게 찾아낼 수 있을까? 찾으면 영원히 살 수 있기에 일백 년이 되지 않는 인생이 급할 것 없고 그저 착할 것 같은데.

공원 가로등에 저녁불빛이 점등되기 시작했다. 자주 만나게 해 줄게. 그냥 두면 청소부가 가져갈 거야. 칸트 소년은 플라타너스 나무 가지 사이에 얹어 두었던 플라타너스 잎을 도로 영혼의 대화 책 속에 넣었다.

다시 날이 밝자, 칸트 소년은 또 겨울 여행을 떠났다. 어제 저녁 영원한 장미의 창문이 점등되는 것을 보며 더욱 밀폐되는 외로움을 맛보았기 때문이기도 했다. 영혼의 창문을 그리워하듯.

바늘비 맞아 봤어?

나, 지금

이 빗방울 하나하나가 바늘로 찌르는 것만큼 아파.

노크

The Knock

오지로 간 칸트 소년

한 뼘도 되지 않는 엉덩방아를 찧지 않으려고 천길 벼랑 끝인 듯 대롱대롱 매달려 있었던 거야.

진한 커피색 같은 풍경의 2월은 회상만 남았을 뿐이다. 칫, 초콜릿색 풍경이라고 말해 주면 달콤한 상상에 기분이라도 좋아질 텐데. 칸트 소년이 차창으로 스치고 있는 바랜 갈색조의 산과 들을 보며 느끼고 있을 때 무릎에 올려놓은 영혼의 대화 책장 속에서 플라타너스 잎이 투덜댔다. 칸트 소년은 한 모금 남아 있는 스위트블랙커피를 마저 마셨다. 식어 있었다. 오늘따라 단맛이 거의 느껴지지 않았다. 마음의 소리는 들으려 하면 할수록 깊은 숲속으로 들

어가기만 하는 것 같았다. 입맛이 소태 같아 주머니에서 초콜릿을 꺼내 입에 넣었다. 엉, 내 말을 알아들은 거야, 꼬마씨. 낙엽은 책 속에서 손짓 발짓을 해 보였다. 낙엽은 곧 실망하더니 자음을 떼어 모음 밑에 받침으로 고이던 작업을 계속했다. 영혼이 웃으면 얼마나 행복할까?

굳이 이런 오지에 왔을까
가장 외로운 곳에 가면 내 영혼이 있을 것 같아서
이리 먼 곳까지 무엇을 보려고 왔을까
가장 먼 곳에 내 그리움이 있는 것 같아서
그리운 나의 영혼은 고독이 집인 것 같았어
어디서나 가장 먼 곳을 떠도는 외딴섬처럼.

칸트 소년이 탄 버스가 산중 도로로 들어선 지 반나절이
넘었지만 가도가도 높은 산뿐이었다. 바다로 찾아가는 강
은 높은 산속의 깊은 계곡에서 물길을 내어 내려가기만 하
는데. 그가 내린 곳은 산속에 파묻힌 지붕들이 모인 듯한
하늘 아래 첫 동네 소읍이었다.

까마득한 산마루들로 담장 친 소읍의 침묵이 하늘로 감
돌아 나가고 그 하늘 눈빛이 하늘 낮은 소읍을 어루만지고
있었다. 어흥. 금방이라도 호랑이가 산비탈에서 뛰어내려
온 대도 이상할 것 같지 않은 깊은 산속이다. 조금만 걸어
가도 곧바로 산속의 한 그루 나무가 되어 산비탈에 팔 벌리
고 서 있어야 할 것 같은.

아우라지로 가려면 어디로 갑니까? 저쪽인디. 칸트 소년

은 보따리를 양손에 쥔 촌부가 턱으로 가리키는 방향으로
발길을 옮겼다. 걸어갈라문 두 시간은 더 가야꾸만. 뻐스
금방 있으니까 타지요. 기가 차다. 금방이라던 버스가 나
타나기까지 40분을 더 기다려야 했다. 이 곳 사람들은 그렇
게 느리게 살아도 아무 문제없는 듯했다. 칸트 소년은 적
응해 보려 했지만 그럴수록 급히 처리해야 할 일이 산적한
것처럼 마음만 더 초조해지는 것을 느꼈다. 기껏 이 곳까
지 도망치듯 먼 길 와서 되돌아갈 버스가 끊길까 걱정이 앞
서는 고독한 도시인.

　칸트 소년은 한참 만에 나타난 버스에 올랐는데 공교롭
게 그의 앞좌석에 비구니가 앉았다(그는 비구니인 여동생이
생각나 찔끔했다. 만나면 반갑지만 고서점 휴업한 것을 알면 버

스에서 내릴 때까지 숨 막힐 지경이었을 것이다. 그 고요한 눈빛
이 말하는 침묵의 잔소리 때문에).

놓으시지요. 붙들고 있는 것을 놓으면 편안해집니다. 안
다. 한 뼘도 안 되는 엉덩방아를 찧지 않으려 대롱대롱 매
달려 있는 것이 삶이라는 것을. 놓으면 천길 만길 벼랑 아
래로 떨어질 것 같아 아찔해서 못 놓는 현실. 스님의 눈에
는 세상이 얼마나 안쓰러울까.

뭐하세요? 여기서 내려야 하시는데. 칸트 소년은 어리둥
절한 표정으로 비구니에게 고맙다는 인사를 하는 둥 마는
둥 하며 아우라지 버스정류장에서 내렸다.

누굴 만나러 오셨수?

제 영혼을 만나러 왔어요.

송천과 골지천 물길이 동쪽과 서쪽에서 흘러와 남쪽으로 흘러가는 합수 머리에 여인의 석상이 홀로 서서 강물을 하염없이 바라보고 서 있었다. 아니 칸트 소년과 함께 서 있었다. 서로 다른 그리움과 외로움으로. 칸트 소년은 석상과 물길을 번갈아 보며 여울에 부서지는 햇살을 눈시울이 젖도록 눈부셔했다. 그리움을 산란하러 먼 바다에서 달려온 연어 떼 같았다.

내 영혼도 오래 전부터 저 석상처럼 나를 그리워하는 건

아닐까? 내 영혼은 늘 내게 건너오려고 기다리는데 그 뱃
사공은 누굴까? 나는 그것을 아는지 모르는지 강 건너 곰
바위처럼 외로워하고. 지금 빈 배는 눈요기로 묶여 있을
뿐 뱃사공은 아라리 노래가사에만 남았다. 칸트 소년은 섶
다리를 건너 강물이 합쳐지는 곳으로 걸어갔다. 두 손에
물을 담아 얼굴을 적셨다. 이렇게라도 하면 견고한 고독이
풀리려나. 그리움과 외로움이 합쳐져 하나 되어 흘러가는
아우라지 강물에 적시는 퍼포먼스. 아라리~. 아무도 없는
데 노래가 들렸다. 그는 문득 자신을 지켜보고 있을 석상
의 여인을 돌아보았다. 그녀가 노래하는 마음의 소리가 들
린 것일까?

　겨울 햇살이 내려앉아 수많은 은비늘처럼 반짝이는 물

길은 아우라지에서 해후하여 천릿길을 도란도란 시작하고 있었다. 외로움과 그리움이 만나 한 영혼이 된 듯. 어디서 누구 만나러 오셨수? 섶다리를 건너가던 노인이 멈춰 묻는다. 내 영혼입니다. 칸트 소년은 속으로 이렇게 대답하고 있었지만 노인이 들을 수 없는 마음의 소리였다.

　하하, 호홋. 천하대장군과 지하여장군 그리고 그들의 친구들이 웃고 있었다. 아니 웃으며 떠들고 있는 것 같았다. 사람들은 자기네들이 우리를 만들어 놓고 무서워한다니깐. 아우라지에서 되돌아 나오는데 나무를 깎아 만든 형상들이 나란히 세워져 있었다. 길목에 서서 지나가는 사람들을 보며 키득거리는 모습이었다. 사람들은 뭐든 말하려 하고 무조건 만들려고 대들어. 도대체 가만 두질 않아.

　칸트 소년 생각 같아선 창피해서 두 손으로 얼굴을 가린 채 빠져나오고 싶었다. 저 나무들을 산이든 들이든 나서 자란 곳에 살게 두지 않는 인간의 조형성. 미의 추구? 설마 영혼을 저런 방식으로 묶어 놓고 가치를 논하는 것은 아닐까?

　사람 중에는 영혼이 맑은 눈빛으로 바라보는 아름다움도 있어. 칸트 소년은 그런 사람들조차 조롱당하는 것 같아 변명했다. 하지만 한결같지 않은 사람의 속성이 마음에 걸려 종종 걸음치듯 양조장이 있는 골목길을 택해 버스를 기다리러 갔다.

　산그림자가 내려와 소읍을 품을 무렵 칸트 소년을 태운 버스가 분주한 대도시를 향해 떠났다. 내 어색한 행동 때문에 침묵의 언어를 배우지 못했어. 그나마 다행인 것은,

마음의 소리를 딱 한 번 정도 들었던 것은 행운이야. 비록 환청이라 해도 좋아. 아우라지 처녀의 목소리가 지금도 생생해. 그는 오길 잘했다고 자평했다.

누군가의
마음이 된다는 것은

소리 없이 말하는 것을 알고 들리지 않는 것을 듣는 거야.

　　오지 여행에서 돌아온 자신을 잘했다고 스스로 위로했
지만 더 깊어지는 영혼과의 소통 두절감은 암담했다. 오히
려 자신을 침묵이라는 고독의 거대한 벽화 속으로 밀어 넣
는 것 같았기 때문이다. 말하지 않는 것과 들리지 않는 것
속으로 들어가라며. 말하지 않는 것을 말하고 들리지 않는
것을 들으라고.

　　맞은편 창문은 여전히 닫혀 있었다. 저 창문만 바라보면
이유 없이 한숨을 쉬는 자신을 발견하며 누구에겐가 마음

들킨 것처럼 난처했다. 혼자 있는 방에서 괜한 헛기침으로
자신의 태도를 무마시키곤 했다. 영혼의 대화랑 무슨 상관
이람. 하필 그 책을 찾게. 칸트 소년은 심드렁해서 중얼거
렸다.

　영원한 장미가 보고 싶다고 솔직히 말해. 책 속에서 플
라타너스 잎이 채근했다. 그는 마치 알아들은 것처럼 책을
펼치더니 책갈피 낙엽을 집었다. 어어?! 안 물어볼게. 제발
책 밖으로 내동댕이치지 마. 틀렸어. 혹시 낙엽이 오해할
지 몰라서 칸트 소년은 눈빛으로 말해 주었다(물론 낙엽의
말을 알아듣고 그렇게 마음의 소리를 하는 것은 아니었다.). 나
는 너를 절대 버리지 않아.

　영원한 장미가 그 곳에 낙엽을 꽂아 둔 의미를 칸트 소

년과 낙엽은 알지 못했다. 그녀가 간직한 마음의 소리가
그 곳에 머물고 있었음을. 플라타너스 잎이 책갈피로 놓였
던 페이지에는 이렇게 쓰여 있었다.

　누군가의 침묵이 되고 누군가의 마음이 되고 누군가의
영혼이 되어 주는 것이다.

　가장 외로운 곳에 가면 가장 외로운 자신을 만날 것이라
고 생각했고, 가장 먼 곳까지 가면 가장 그리운 자신을 만
날 것이라고 믿었던 것은 그저 막연한 소망이었을 뿐 그 곳
에서 자신의 영혼이 기다리지 않았다는 것을 안다. 하지만
기대마저 부정하고 싶지 않았다.

칸트 소년은 혼란스러웠다. 어쩌면 실체와 답이 없는 것
에 문제를 제기한다는 무력감이 육신을 무쇳덩어리처럼
주저앉혔다.

영혼도 사고파나요?

내 영혼아, 너는 어느 곳에 있니? 사람이 많은 곳일수록 오지보다
더 외롭고 그리움에 지치는 날도 있어.

며칠 후, 침묵의 언어가 필요 없고 마음의 소리가 머물지
못하고 영혼의 대화가 불가능할 것 같은 서울의 한복판인
명동에 칸트 소년이 불쑥 나타나 걷고 있었다. 명동에는 한
국인뿐만 아니라 많은 일본인과 중국인 그리고 흑인과 백
인들까지 뒤섞여 사람이 넘쳐났다. 장마 때 홍수 난 것처럼
인파가 골목골목을 메운 채 밀고 다녔다. 칸트 소년은 표류
하고 있었다. 기침을 토할 듯 고독했다. 오지에서 갈망하던
바윗속 폐부 같은 외로움보다 오히려 깊었고, 무겁게 짓누

르던 그리움의 허공보다 더욱 막막했다.

무엇 때문에 긴 겨울 여행을 했는지 이유를 이 곳에 와서 자신에게 설명하고 싶었다. 이랏샤이마세. 환잉꽝린. 한국인 상인들이 일본말과 중국말을 번갈아가며 어서 오십시오라는 뜻으로 연신 호객했다. 모피 코트와 가죽 자켓 매장 앞을 지나갈 때였다. 칸트 소년이 자꾸 따라붙는 상인에게 한국말로 정중하게 사양하자 그 상인은 더욱 살갑게 달라붙었다. 영혼도 사고파나요?

인파로부터 튕겨지다시피 떼밀리다 보니 조금 한산한 곳인 낮은 언덕길을 오르고 있었다. 명동성당 외벽에 박혀 있는 동그란 시계가 눈에 들어왔다. 내 영혼은 어느 시간쯤을 가고 있을까?

　계단을 따라 줄지어 서 있는 가로등이 고풍스런 고딕 건물을 배경으로 운치를 더해 주었다. 나는 걸어다니는 외등 신세네. 칸트 소년은 어디서나 어색한 자신을 그렇게 표현해 보았다. 나보다 낫네. 그는 문득 들려오는 가로등 하나를 올려다보았다. 미안해서 자신이 대신 말해 주는 마음의 소리였다. 걸을 수 없는 가로등들을 보며 자신의 푸념이 사치스럽다고 생각했다.

　기도하는 모습이 가장 아름다운 꽃이 아닐까? 칸트 소년은 성당 마당에 서서 곰곰이 생각해 보았다. 소통까지는 아닌지 모르지만 적어도 기도가 자기 자신에게만큼은 마음의 소리에 근접되어 있다고 판단되었다. 나무와 돌과 바람과 풀잎들에게도 종교가 있다면 그들의 신은 그들의 기

도를 어떻게 받아들일까? 새들과 물고기와 짐승들은? 또 벌레들은? 어지러웠다. 저들도 인간들처럼 종교 전쟁을 한다면. 생각이 거기까지 미치자 어리석다는 탄식이 절로 나왔다.

이 곳은 오지보다 더 오지야. 칸트 소년은 도망치듯 명동으로부터 빠져나왔다. 사람이 많은 곳일수록 오지보다 더 외로웠고 그리웠다.

내 영혼아, 너는 어디에서 나를 찾고 있니? 쉽게 해 주고 싶었다. 오늘은 자신의 몸보다 자신의 영혼이 더 지쳤을 것 같아 영혼에게 미안하기만 했다.

하늘은 영혼이 정말 쉴 수 있는 곳일까? 제발 그럴 수 있기를 바랬다. 그럴 수만 있다면 오늘 같은 날 풀밭처럼 부

드러운 침대인 양 하늘에 누웠다 오고 싶었다. 몸은 비록 땅을 한 발짝도 못 떠나지만 내 영혼이라도 쉬게. 세상에서 푸른 허공보다 푹신한 침대는 없을 것 같았다. 칸트 소년은 겨울 여행으로부터 그렇게 지치고 있었다.

낙엽을 나무에게
돌려주다

나도 쉬게 해 줘. 그는 자신의 지친 영혼을 돌려받길 원했어.

칸트 소년은 고서점으로 가지 않고 처진 어깨로 누구나무를 찾아갔다.

기대어 봐. 누구나무는 마음의 소리로 칸트 소년을 자신의 등줄기에 기대게 하였다. 편했다. 칸트 소년은 마음을 기댈 수 있게 해 준 플라타너스 나무에게 감사했다.

나도 쉬게 해 줘. 책 속에서 낙엽이 떼를 쓰자 칸트 소년이 꺼내 누구나무에게 건네주었다. 어서 오렴 아가야. 누구나무는 몹시 기뻐하며 낙엽을 안아 주었다. 남들이 볼

때는 한 젊은이가 저녁나절 공원에 나타나 책 속에서 낙엽을 꺼내 플라타너스 나무 가지 사이에 올려 놓으려는 낯선 풍경일 뿐이었다.

어이 꼬마, 저녁에 거기서 뭐 하나? 광장 끝에서 청소부가 다가오고 있었다. 칸트 소년은 얼른 플라타너스 낙엽을 영혼의 대화 속에 다시 넣으려 했다. 염려 말게. 나는 근무 시간이 끝났어. 그 낙엽을 치울 일도 없고. 그는 퇴근길이었다.

낙엽을 가지 위에 두면 바람이 그냥 두지 않겠지. 바닥에 떨어지면 내가 내일 아침에 집게로 치워야 하고. 성가신 일이지. 청소부는 성큼성큼 걸어오더니 칸트 소년의 손으로부터 낙엽을 냉큼 가져가 플라타너스의 깊게 패인 옹

이 속에 안전하게 넣어 주었다. 마치 그 모습은 낙엽이 옹이 진 깊은 상처를 감싸주고 플라타너스가 아기를 가슴으로 안은 모습이었다.

청소부의 난데없는 행동에 속수무책으로 당한 칸트 소년은 가슴을 쳤다. 나는 그걸 왜 몰랐을까? 그렇게 해 주지 못하고 낙엽을 책 속에 넣고 다니는 일이 낙엽에게 가장 잘해 주는 일이라고 생각했었던 것이다. 고상하기도 하고.

다리 아플 텐데. 왜 서서 말하지? 벤치가 고개를 갸웃하며 자신을 올려다보는 것 같았다. 칸트 소년은 사실 종일 걸어다녀 서 있는 것이 힘들었다. 칸트 소년과 청소부는 누가 먼저랄 것 없이 동시에 벤치에 나란히 앉았다. 청소부도 저녁때가 되면 다리가 아프고 등이 끊어질 듯 통증에

시달렸다. 종일 선 채로 등을 구부리며 일을 하기 때문이었다.

청소부는 담배를 빼어 물다 담배갑에 도로 집어넣었다. 꼬마라고 불러 대는 젊은이가 담배를 피우는 것을 본 적이 없기 때문이다.

나 때문에 책갈피를 잃게 된 것은 아닌지. 침묵을 깨고 먼저 말한 사람은 청소부였다. 나는 자네가 낙엽을 돌려주려는 줄 알았어. 내 마음이 그러기를 바라서인 줄도 모르고 착각한 것 같아. 청소부는 후회하며 아무 대꾸도 없는 칸트 소년에게 사과했다. 나에게는 그럴 권리가 없는데 어이없군. 내가 그와 같은 행동을 하다니.

감사해요. 한참 만에 대답하는 칸트 소년의 눈빛 속에는

얇은 눈물 같은 것이 살짝 지나갔다. 서로 다른 곳을 바라보며 같은 말을 주고받는 사이라서 청소부는 칸트 소년의 표정을 알지 못했다. 하지만 마음은 읽고 있는 것 같았다.

어이 꼬마, 힘내. 자네에게 행운이 있기를 바라네. 나도 오늘은 의미 있는 일을 한 것 같아서 모처럼 달력에 꽃표 쳐도 되겠어. 비가 오려나, 눈이 오려나. 허리가 더 욱신거리는구먼. 청소부는 벤치에서 일어나 짙어지는 저녁 속으로 멀어져 갔다.

진작에 그래 주지 못해서 미안해. 칸트 소년은 벤치에서 일어나 플라타너스 나무에게 가서 줄기를 어루만져 주었다. 이제부터 이 곳에서 편히 있어. 그는 옹이 속을 들여다보며 플라타너스 낙엽에게도 말했다. 영혼의 대화를 펼치

고 책장을 넘기며 허전했지만 마음은 즐거웠다. 칸트 소년
은 웃는 얼굴로 플라타너스 나무를 안았다. 누구나무와 잎
이 행복해하며 수다 떠는 소리가 귀에 들리는 것 같았다.
시끄러울 정도로 가슴에 쿵쿵 울리며.

　사람이 나무를 껴안고 춤추다니. 저녁 숲이 웅성거렸다.
떠들기 좋아하는 떡갈나무가 가장 신바람 냈다. 메타세쿼
이아와 삼각단풍나무가 타일러도 소용없었다.

　뭐라고? 산들바람이 달려왔고 구름이 달려왔다. 까치가
날아오고 울타리로 고양이가 나타나고 길거리를 서성거리
던 개도 무슨 일인지 구경하러 왔다. 저녁불빛이 점등되고
있는 가로등 뒤에서 별빛들도 기웃거렸다. 어둑어둑한 공
원에 사람은 칸트 소년뿐이었는데.

　뭐, 플라타너스 나무에게 사람이 낙엽을 돌려주었다고?
별일이네. 공원과 광장에는 한바탕 소동이 일어났다. 사람
들은 동장군 바람이 작은 숲을 흔들고 있는 소리라고 알고
있을 뿐이다.

유리창에 쓰는 글씨

하루하루가 노트라면 넌 날마다 내가 써 내려가는 마음의 소리야.

내일은 비나 눈이 내리겠습니다.

영원한 장미가 식사를 준비하며 틀어놓은 TV에서 날씨 뉴스를 하고 있었다. 아직 돌아오지 않았나? 그녀는 책상 앞으로 다가가 환기시키려고 열어 놓은 창문을 닫고 있었다. 여러 날째인데. 오늘 저녁도 불빛이 꺼져 있는 맞은편 창문을 보고 혼잣말을 했다. 그녀는 책상 위에 펼쳐진 영혼의 대화 복사본을 물끄러미 내려다보았다.

　영혼의 대화는 내가 열고 내가 들어가는 것이다. 그리고 너의 마음을 내가 너에게 말해 주는 것이다. 네가 나를 기다릴 때까지 내가 너를 기다리며 천천히 아주 천천히 다가가는 것이다. 들어보라. 네가 다가가는 침묵에게서 다가오는 마음의 소리가 없는지. 그리고 살펴보라. 너와 대화하고 싶어하는 네 영혼이 그 곳에서 방황하는 것을 찾아낼 수 있다. 너는 너에게 다가온 마음의 소리를 통해서 네 영혼의 대화를 맞이할 수 있다.

　이렇게 쓰여 있는 것을 그녀는 오늘만 네 번 읽었다.
　빗소린가? 다음 날 아침, 칸트 소년이 침대에 누운 채로 창문을 바라보니 젖어 있었다. 일어나 창문을 조금 열었을

뿐인데 빗줄기가 치고 들어와 영혼의 대화 책표지에 후두둑 떨어졌다. 그는 표지에 흩어진 빗물을 바라볼 뿐 닦지 않았다. 빗방울들이 수없이 부딪치며 흐르는 유리창에 손가락으로 글씨를 썼다.

칸트 소년은 블랙커피를 마시며 유리창에 손가락으로 써 놓은 글씨를 바라보았다. 와서 부딪치며 흘러내리는 빗물들에 의해 무너지는 글씨를 안타까워했다. 그렇게 될 줄 알았지만 좀 더 오래 기다려 주기를 바랐다. 커피를 다 마실 때까지만이라도. 그는 글씨들이 더 이상 형태를 갖지 못하게 되자 커피잔을 책상 위에 천천히 내려놓았다. 커피가 아직 잔에 남아 흔들리고 있는데. 형태가 없으면 의미도 사라질까?

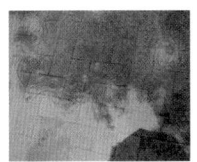

    그는 아래층으로 내려가 우산을 들고 밖으로 나갔다. 빗줄기가 산란하게 우산을 두드렸다. 그리움과 외로움 때문에 이렇게 걷고 있으면 의미가 산 것 아닐까? 누군가가 나를 알지 못한다고 해서 나의 그리움과 외로움을 지워낼 수 없는 것처럼.

    칸트 소년은 골목 끝까지 갔다가 돌아나오며(그럴 필요가 없었는데) 우산을 들어 창문 하나를 올려다보았다. 비는 내리고 그 창문은 굳건히 닫혀 있었다.

    그는 공원으로 갔다. 겨울비는 모든 것을 고정시켜 놓고 침묵으로 말하려 하는 것 같았다. 공원에는 아무도 오지 않았다. 새들과 고양이도, 청소부마저 보이지 않았다. 비들의 웅성거림만 들릴 뿐.

그립다는 말은

가장 멀리 있는 너를

가장 가까이 부르는 침묵의 언어이다.

외롭다는 말은

가장 가까이 있는 나를

가장 먼 너에게 보내는 마음의 소리이다.

바늘비 맞아 봤어?

나, 지금 빗방울 하나하나가 바늘로 찌르는 것만큼 아파.

괜찮아 괜찮아, 내게 있으면. 칸트 소년은 젖은 바위가 축축하게 떨어진 솔잎들을 가슴에 모으며 해 주는 마음의 소리를 듣게 되었다. 가만가만. 스스로에게 침묵할 것을 당부했다.

앉지 않아도 괜찮아. 오늘은 비가 내리고 있어. 나에게 생각할 시간을 주니까 나쁘진 않아. 이번에는 빈 의자 앞을 지나가다 말고 외로운 마음의 소리에 잠시 망설이기도 했다.

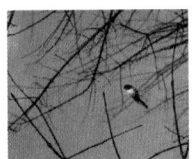

칸트 소년은 작은 숲으로 걸어갔다. 너는 왜 비 맞고 있니? 메타세쿼이아 가지에 까치 한 마리가 앉아 있는 것이 보였다.

쟤는 네가 공원에 우산 쓰고 나타나기 전부터 꼼짝 않은 채 비 맞고 있어. 울먹이는 까치 대신에 삼각단풍나무가 말해 주었다. 칸트 소년은 메타세쿼이아가 말해 주지 않은 것에 대해 끄덕였다. 까치를 다독이고 있는 중이라는 침묵의 언어를 읽을 수 있었기 때문이다.

아리지 않아? 칸트 소년이 삼각단풍나무에게 가까이 다가가 등껍질이 심하게 까진 속으로 빗물이 흐르고 고이는 것을 보자 얼굴을 찡그리며 걱정했다.

고마워. 네 말이 많이 위로가 돼. 소염진통제처럼.

칸트 소년은 앙상한 가지에 앉은 까치를 또 한 번 올려 다보았다. 까치는 누구와도 눈빛을 마주치고 싶지 않은 것 같았다. 겨울비를 아랑곳하지 않을 만큼.

바늘비 맞아 봤어? 나, 지금 이 빗방울 하나하나가 바늘로 찌르는 것만큼 아파. 침묵의 언어였지만 까치가 신음하는 마음의 소리가 들려왔다. 아, 칸트 소년은 하마터면 비명을 지를 뻔했다. 자신의 손으로 입을 막고 소리를 막은 것이 다행이었다. 그러지 않았더라면 까치는 울면서 갈 곳 없이 날아갔을지도 모르기 때문이다.

저기, 기다리는 까치가 날아오네. 시력 좋은 소나무가 소리쳤다.

칸트 소년은 침묵의 언어로 말하고 있었다. 이들이 전하

는 마음의 소리를 들으며 스스로 묻고 스스로 이들에게 또
는 자신에게 대답해 주고 있었다. 진정 작은 숲의 식구가
되어. 의식하게 되면 침묵의 언어가 말문을 닫아 마음의
소리도 들을 수 없음을 칸트 소년도 이제는 안다.

어디 있다 온 거야? 울먹이던 까치가 화를 냈다. 너 찾으
러 여기저기 헤맸어. 서로 간절히 찾고 있었던 것이다. 우
리 이 곳에 둥지 틀기로 했어. 까치 한 쌍이 선언했다.

나도 내 영혼을 저들처럼 만날 수 있다면. 칸트 소년은
빗물이 얼굴에 흐르고 외투를 적시는데 우산을 내려놓은
채 부러워하고 있었다.

걱정 마. 네 마음의 소리를 우리가 전달하고 있으니까.
빗줄기들이 칸트 소년을 위로했다. 나도 모르는 내 영혼을

너희들이 어떻게 알고 전달한다는 거니? 칸트 소년은 믿지
않았다.

　　어디서든 빗소리는 들을 수 있지. 네 영혼도 어디선가
네가 그리워하는 마음의 소리를 비를 바라보며 듣고 있을
거야.

영혼의 샘

어쩌면 눈물을 통해 영혼이 있음을 확인하게 되는지 몰라.
눈물이 영혼의 샘 아닐까?

　　칸트 소년은 광장 쪽으로 걷기 시작했다. 빗줄기는 소리
를 더욱 키우며 내렸다. 내 영혼이 바늘비에 꽂히듯 아파
하면 어쩌지? 그는 들고 있던 우산을 벤치에 그냥 놓아 두
고 광장을 가로질러 빗속으로 파묻혀 갔다. 그에게 내리꽂
히는 빗방울 하나하나마다 몹시 아파하며.

　　우산도 없이 어디 가세요? 이쪽으로 누군가 오며 물었
다. 영원한 장미였다. 초점 없는 눈빛으로 방향도 없이 걷
던 칸트 소년은 멈춰야 했다. 내 영혼이 바늘비 맞으며 헤

맬 것 같아 어디로든 찾으러 가는 중입니다. 그의 눈빛은
침묵의 언어로 이렇게 대답하고 있었다.

　우산 없이 왔는데. 그녀의 눈빛은 아쉬운 듯 머뭇머뭇
말했다. 제가 칸트 소년님의 영혼이 아닐까요? 잠시 후 영
원한 장미의 마음의 소리가 청천벽력같이 들렸다. 칸트 소
년은 갑자기 온몸이 하얀 깃털의 무리가 되어 수만의 떼로
소용돌이치는 것 같았다. 모든 별이 한 곳으로 달려가듯(블
랙홀과는 다른). 모든 의식이 한 덩어리의 무의식으로 뭉쳐
져 영원한 장미의 마음속으로 돌진해 갔다(마음의 소리를
말하는 영원한 장미의 눈빛은 샘이 깊은 곳에서 맑은 기포를 길
어 올리듯 떨리고 있었다.).

　그녀가 가장 비밀한 곳에 숨겨 둔 마음의 소리를 어떻게

알아들은 것일까? 조금만 늦게 말했더라면 영원한 장미님을 제 영혼이라고 말해도 되나요? 하고 물을 뻔했다(아직 그녀는 칸트 소년이 자신의 마음의 소리를 듣고 있는 것을 알지 못한다.).

저에게도 영혼의 대화가 있어요. 칸트 소년님과 똑같은 내용의 책이 제 책상 위에 놓여 있어요. 영원한 장미에게서 마음의 소리는 계속되었다.

제가 칸트 소년님이 찾으시는 영혼이 될 수 있다면 우리는 눈빛으로 말하는 침묵의 언어를 알고 마음의 소리를 들을 수 있고 서로를 통해 자신의 영혼을 바라볼 수 있어요. 더구나 함께 산책하며 나무와 바람과 하늘과 대화할 수 있고 떨어져 있어도 비가 내리면 마음의 소리를 알아들을 수

있어요. 비록 오늘은 빗소리가 바늘비처럼 아파서 달려왔
지만.

　바늘비. 그녀가 바늘비라는 말을 반복하자 칸트 소년은
벤치로 달려갔다. 펴진 채 버려진 우산을 가지고 그녀에게
돌아와 씌워 주었다(그는 그녀에게 우산을 온전히 씌워 주고
자신은 빗속으로 거의 드러내놓은 상태였다.).

　영원한 장미는 마음의 소리를 들킨 것 같아 눈물이 핑
돌았다. 그녀는 자존심이 상해서 눈물을 억제하느라 함께
쓰시죠라는 말도 하지 못했다.

　소개해 드리고 싶은 나무들이 있는데. 칸트 소년은 이
황홀하고 혼란스러운 상황을 수습하려고 말끝을 흐리며
제안했다. 영원한 장미는 말없이 고개를 끄덕였다. 그녀도

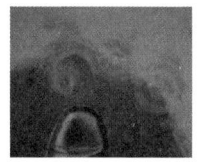

가슴이 터질 것 같은 이 분위기로부터 벗어나려 했다.

　메타세쿼이아로군요. 영원한 장미는 작은 숲으로 오자 애써 아는 척을 했다. 젖은 나무줄기를 조심해서 대하며 악수했다. 그 앞은 삼각단풍나무입니다. 칸트 소년은 그녀가 잘 모를 것 같아 미리 이름을 말해 주었다. 어머, 많이 아프겠구나. 그녀는 매우 주의하며 깊게 벗겨진 등껍질을 살폈다. 칸트 소년은 작은 숲의 나무들을 일일이 소개했다. 왕벗꽃나무와 소나무와 전나무 그리고 이팝나무와 조팝나무를 소개해 주고 솔잎을 가슴에 품은 바위와 인사할 수 있게 했다.

　광장 쪽으로 걷고 있는데 떡갈나무가 온 가지를 흔들며 섭섭해했다. 내가 왜 맨 나중이냐고. 칸트 소년은 웃으며

떡갈나무를 한 번 더 도닥였다(영원한 장미도 따라 미소로 답
했다.).

　사람들은 나무들이 저토록 섬세한 감정을 가지고 살아
간다는 것을 꼭 알아야 했다. 옛날부터. 인류의 역사는 마
음의 소리라는 매우 중요한 것을 퇴화시키고 있다. 그 소
리를 날마다 도마뱀 꼬리처럼 뚝 자르고 달아난다. 하긴
쉽게 사는 것에 거추장스럽겠지. 영혼의 대화는 사막에 뜨
는 낮달보다 더 희미하게 저 멀리 지워져 가는데.

비가 눈 되어 내리다

비는 보고 싶다고 내리고 눈은 사랑한다고 내리고…….

우산을 함께 쓴 두 사람은 플라타너스 나무에게로 갔다. 누구나무, 이제 어디에 있는지 찾았어, 내 영혼이. 칸트 소년의 목소리는 떨렸다. 영원한 장미는 마음의 소리를 당당하게 밖으로 드러내어 말하는 칸트 소년의 행동이 두렵기만 했다. 하지만 알 수 없는 들뜸과 평온이 동시에 그녀를 둘러싸고 있었다.

나에게 누군가의 영혼이 머물 수 있다니. 그녀에게 빗소리는 수만 명이 함께 추는 왈츠처럼 들렸고 빗물 냄새는 라

벤더향보다 진하게 코끝에 스몄다.

눈이다! 비가 눈 되어 내리고 있었다. 빗방울마다 흰 꽃
잎으로 날개를 달고 온 허공을 날며 내려오고 있었다. 칸
트 소년은 마음의 소리로 영원한 장미에게 고백했다.

비는 보고 싶다고 내리고, 눈은 사랑한다고 내립니다.
내가 누군가와 침묵의 언어로 말하고 마음의 소리를 들으
며 영혼의 대화를 나누는 것처럼. 나에게도 내가 부탁한다
면 오래 전부터 그렇게 살고 있을 작은 숲과 공원 친구들의
이름 하나하나를 소홀히 하지 말기를.

메타세쿼이아
삼각단풍나무

누구나무

플라타너스 낙엽

클로버

솔잎

솔잎들을 가슴에 품은 천년바위

이팝나무와 조팝나무

소나무 전나무 잣나무

왕벚꽃나무

떡갈나무

산들바람

벤치와 가로등

청소부

하얀마음
고양이
넝쿨장미와 울타리
억새와 갈대
그리고 미처 떠올리지 못한 이름, 이름들.

　누군가의 침묵이 되고 마음이 되고 영혼이 되어 주는 것
은 누군가에게 영원한 기억으로 사는 것이다. 그리움과 외
로움이 그 안에서 쉴 수 있으니.

여행의 마침표

여행은 나라는 네가 너라는 나에게 그리움과 외로움이 쉴
곳을 찾아가는 거야.

두 사람은 우산을 내려놓고 허공 가득 수놓으며 내리는
눈들에게 축하받으며 베르사이유 정원을 걷듯 공원 광장
을 걸었다. 왈왈. 하얀마음이 꼬리를 흔들며 달려오는 것
이 보였다. 이내 영원한 장미의 가슴으로 뛰어오르더니 칸
트 소년이 쓰다듬어 주자 칸트 소년에게로 옮겨 왔다.

네 주인이 누구니? 그녀가 섭섭한 척하며 하얀마음이에
게 물었다.

나.

영원한 장미는 당황했다. 하얀마음이의 철없는 마음의 소리가 그 동안 잘못 알고 있던 오자를 고쳐 준 것이다.

그 때 광장에 개 한 마리가 또 나타나자 하얀마음이는 내려달라고 몸을 두 번 좌우로 흔들었다. 칸트 소년이 가슴에서 내려주자 쏜살같이 달려갔다. 두 마리 개는 눈밭을 마당처럼 뛰놀았다. 무슨 언어로 소란을 떠는지.

내일은 어디로 떠나세요? 겨우내 서점 문을 닫은 칸트 소년에게 영원한 장미가 물었다.

나의 여행은 마쳤습니다. 칸트 소년의 대답이 의외인지 그녀는 발걸음을 멈추었다. 그리고 침묵의 언어를 읽기라도 하려는 듯 그의 눈빛을 살폈다. 나는 여행으로부터 몹시 지쳐 있습니다. 쉬고 싶을 뿐입니다. 그의 눈빛은 그렇

게 말하고 있었다.

쉴 곳을 찾았는데 어떻게 쉬어야 하는지 방법을 모르겠습니다. 내 영혼이 있는 곳을 알았는데 말입니다. 이번에는 그의 가슴에 숨어 있던 마음의 소리가 그녀에게 들려왔다. 거듭해서.

영원한 장미의 가슴에서는 하늘이 바다에 징검다리를 놓느라 거대한 돌덩이들을 띄엄띄엄 떨어뜨리는 것처럼 어마어마하게 쿵쿵 울렸다.

어떤 사람에게 여행한다는 것은 그리움과 외로움이 쉴 곳을 찾아가는 것이다. 지금 칸트 소년의 모습처럼 대부분 지쳐서 돌아오지만. 어쩌면 영원한 장미도 날마다 길고 긴 하루라는 여행을 한 번도 쉬지 못했다고 생각했다. 창 밖

어떤 사람에게는

일 년이 364일인 사람도 있다.

하루쯤은 지우고 싶을 때가 있기 때문이다.

어떤 사람에게는 특히 기쁜 날이라서

어떤 사람은 슬픈 날이라서

어떤 사람은 쉬고 싶어서

한 번쯤은.

내가 너에게 여행하기 위해

나에게도 여행하기 위해

너라는 영혼을 찾아.

을 내다보며 하늘을 올려다보며 사람들과 이야기하는 중
에서도 늘 그리움과 외로움이 쉴 곳을 찾아가고 있었다고.
나라는 네가 너라는 나에게…….

　오늘은 침묵의 언어를 알고 마음의 소리도 들을 수 있어
특별한 날이었습니다. 하지만 영혼의 대화는 두려워요. 영
원한 장미가 부끄러워하며 불안한 눈빛으로 말하고 있을
때 가로등마다 점등되고 창문마다 저녁불빛이 켜지고 있
었다.

　비를 맞으며 달려왔던 그녀가 눈을 맞으며 되돌아갔다.
외등이 기다리는 골목으로.

　내 영혼이 아직은 찾아오지 못하네. 좀 더 주소를 확인
하고 찾아가야 하는 것처럼. 하루가 천년처럼 길 텐데. 그

러다 내가 아니면 어쩌지? 칸트 소년은 저녁이 깊어지는 광장을 걸었다. 고독이라는 큰 물공을 짊어진 아틀라스처럼. 한 바퀴 두 바퀴 세 바퀴. 그녀를 바삐 뒤따르던 하얀마음이 돌아와 이번에는 그를 따라다녔다. 돌아가자고.

　일 년이 364일, 칸트 소년과 영원한 장미는 비가 눈 되어 내린 날에 그랬다.

내 영혼아

침묵의 언어가 마음의 소리 되고, 마음의 소리가 영혼의 대화 되는……

내 영혼아, 내가 너를 찾으려 하는 일이 더없이 고독하다.

칸트 소년은 영혼의 대화라는 책을 덮으며 힘들어했다. 그는 영원한 장미와 헤어진 뒤 이틀 밤을 새워가며 한 문장씩 꼼꼼히 다시 읽었다. 자신에게 묻고 자신이 대답해 가며.

영혼의 대화는 일치된 영혼끼리만 소통이 가능하다? 휴. 그는 닫혀 있는 맞은편 창문을 바라보며 길게 한숨지었다. 갑갑해. 칸트 소년은 늘 겨드랑에 끼고 다니던 영혼의 대

화를 책상 위에 둔 채 산책을 나섰다.

외로워하지 마. 너는 영혼을 만날 수 있을 거야. 누구나
무가 다독여 주었다.

마음의 소리로 감싸 주는 것은 플라타너스뿐만이 아니
었다. 벤치는 앉아 쉬게 해 주었고 천년바위는 여자의 마
음보다 더 조심스러운 것이 영혼이니 상처받지 말라고 타
일렀다. 영혼의 대화를 하게 될 거야. 보잘것없이 초췌한
메타세쿼이아와 삼각단풍나무의 위로를 들을 때는 차마
절망할 수도 없었다.

꼬마씨, 나처럼 좋은 날이 올 거야. 옹이 속에서 낙엽이
소리치는 마음의 소리가 들려왔다.

꼬마, 여자는 남자가 꺼내 놓은 영혼이지. 어떤 사람에

게는. 아니면 그 반대일 수도 있지. 언제 와 있었는지 등 뒤에서 청소부가 거들었다. 그는 광장의 잔설을 치우며 한마디 더 했다. 지척에 있는 사람을 두고 천리를 돌아서 찾아가는 사람도 있다네.

이번 겨울은 어느 해보다 깊고 길었다. 마치 봄이 다시는 오지 못할 것처럼.

고서점을 폐업하겠다니. 탁탁. 겨울 동안 문이 닫혔던 칸트 소년의 고서점에 비구니가 다녀간 다음 날, 자물쇠와 함께 빗장 풀리는 소리가 들렸다. 오랜만에 서점에 들어선 그는 고서들을 한 권 한 권 쓰다듬듯 정돈했다. 그는 흰 종이에 급매라는 글씨를 써 들고 문 밖으로 나갔다.

칸트 소년님, 오늘은 문을 여시나요? 아직도 존칭어를 생략하지 못하는 그녀다. 셔터를 내려 휴업 대신 급매라는 글씨로 바꾸어 붙이던 칸트 소년은 급매뿐만 아니라 휴업이라는 글씨도 슬그머니 떼어 내며 셔터를 다시 올렸다.

구하시는 책이라도. 그는 골목에서 나오는 영원한 장미를 돌아보며 물었다.

책도 있고. 음, 제 영혼을 찾아달라고 부탁해도 될까요?